15842 <u>a</u>

B. L.

HISTOIRE

DE

MANON LESCAUT.

PREMIERE PARTIE.

HISTOIRE
DU CHEVALIER
DES GRIEUX,
ET DE
MANON LESCAUT.

PREMIERE PARTIE

A AMSTERDAM,

Aux dépens de LA COMPAGNIE.

M. DCC. LIII.

AVIS

de l'Auteur des Mémoires d'un Homme de qualité.

 UOIQUE j'euffe pû faire entrer dans mes Mémoires, les Avantures du Chevalier des Grieux, il m'a femblé que n'y aiant point un rapport néceffaire, le Lecteur trouveroit plus de fatisfaction à les voir féparément. Un récit de cette lon-

I. Part.   *a*

gueur auroit interrompu trop
long-tems le fil de ma propre
Hiftoire. Tout éloigné que je
fuis de prétendre à la qualité
d'Ecrivain exact, je n'ignore
point qu'une narration doit
être déchargée des circonftances, qui la rendroient pefante
& embarraffée. C'eft le pré-
cepte d'Horace :

Ut jam nunc dicat jam nunc debentia
    dici ,

Pleraque differat, ac præfens in tempus
    omittat.

Il n'eft pas même befoin
d'une fi grave autorité , pour
prouver une vérité fi fimple ;

car le bon fens eft la premiere
fource de cette regle.

Si le Public a trouvé quelque chofe d'agréable & d'in-
téreffant dans l'hiftoire de ma
vie , j'ofe lui promettre qu'il
ne fera pas moins fatisfait de
cette addition. Il verra , dans
la conduite de M. des Grieux,
un exemple terrible de la force des paffions. J'ai à peindre
un jeune Aveugle , qui refufe
d'être heureux , pour fe pré-
cipiter volontairement dans
les dernieres infortunes ; qui,
avec toutes les qualités dont
fe forme le plus brillant mérite , préfere par choix une

vie obfcure & vagabonde à
tous les avantages de la Fortune & de la Nature ; qui pré-
voit fes malheurs , fans vouloir les éviter ; qui les fent &
qui en eft accablé , fans profiter des remedes qu'on lui
offre fans ceffe , & qui
peuvent à tous momens les
finir ; enfin un caractere am-
bigu , un mélange de vertus
& de vices , un contrafte per-
pétuel de bons fentimens &
d'actions mauvaifes. Tel eft le
fond du Tableau que je préfente. Les perfonnes de bon
fens ne regarderont point un
Ouvrage de cette nature, com-

me un travail inutile. Outre le plaisir d'une lecture agréable, on y trouvera peu d'événemens qui ne puissent servir à l'instruction des mœurs; & c'est rendre, à mon avis, un service considérable au Public, que de l'instruire en l'amusant.

On ne peut réfléchir sur les préceptes de la Morale, sans être étonné de les voir tout à la fois estimés & négligés; & l'on se demande la raison de cette bisarrerie du cœur humain, qui lui fait goûter des idées de bien & de perfection, dont il s'éloigne dans

a iij

la pratique. Si les perſonnes,
d'un certain ordre d'eſprit &
de politeſſe, veulent examiner quelle eſt la matiere la
plus commune de leurs con-
verſations, ou même de leurs
rêveries ſolitaires, il leur ſera aiſé de remarquer qu'elles
tournent preſque toujours ſur
quelques conſidérations mora-
les. Les plus doux momens de
leur vie ſont ceux qu'ils paſ-
fent, ou ſeuls, ou avec un
Ami, à s'entretenir à cœur
ouvert des charmes de la Vertu, des douceurs de l'Amitié,
des moyens d'arriver au Bonheur, des foibleſſes de la Na-

ture qui nous en éloignent,
& des remedes qui peuvent
les guérir. Horace & Boileau
marquent cet entretien, comme un des plus beaux traits,
dont ils compofent l'image
d'une vie heureufe. Comment
arrive-t'il donc qu'on tombe
fi facilement de ces hautes
fpéculations, & qu'on fe re-
trouve fi-tôt au niveau du
commun des hommes ? Je fuis
trompé, fi la raifon, que je vais
en apporter, n'explique bien
cette contradiction de nos
idées & de notre conduite :
c'eft que tous les préceptes de
la Morale n'étant que des

principes vagues & généraux;
il eſt très difficile d'en faire
une application particuliere
au détail des mœurs & des
actions. Mettons la choſe dans
un exemple. Les Ames bien
nées ſentent que la douceur
& l'humanité ſont des vertus
aimables, & ſont portées d'inclination à les pratiquer : mais
ſont-elles au moment de l'e-
xercice ? elles demeurent ſou-
vent ſuſpendues. En eſt-ce
réellement l'occaſion ? Sçait-
on bien quelle en doit être la
meſure ? Ne ſe trompe-t'on
point ſur l'objet ? Cent difficultés arrêtent. On craint de

devenir dupe, en voulant être
bienfaisant & libéral ; de passer pour foible , en paroiſſant
trop tendre & trop ſenſible ;
en un mot, d'exceder ou de ne
pas remplir aſſez des devoirs ,
qui ſont renfermés d'une maniere trop obſcure dans les
notions générales d'humanité
& de douceur. Dans cette incertitude , il n'y a que l'expérience , ou l'exemple , qui
puiſſe déterminer raiſonna-
blement le penchant du cœur.
Or l'expérience n'eſt point un
avantage, qu'il ſoit libre à tout
le monde de ſe donner ; elle
dépend des ſituations diffé-

rentes, où l'on se trouve placé par la Fortune. Il ne reste donc que l'exemple, qui puisse servir de regle, à quantité de personnes, dans l'exercice de la vertu. C'est précisément pour cette sorte de Lecteurs, que des Ouvrages tels que celui-ci peuvent être d'une extrême utilité ; du moins, lorsqu'ils sont écrits par une Personne d'honneur & de bon sens. Chaque fait qu'on y rapporte est un dégré de lumiere, une instruction qui supplée à l'expérience ; chaque Avanture est un Modéle, d'après lequel on peut se former : il n'y manque, que d'être ajusté aux circonstances où l'on se trouve. L'Ouvrage entier est un Traité de Morale, réduit agréablement en exercice.

Un Lecteur sévere s'offensera peut-être de me voir reprendre la plume, à mon âge, pour écrire des Avantures de Fortune & d'Amour : mais si la réflexion que je viens de faire est solide, elle me justifie ; si elle est fausse, mon erreur sera mon excuse.

Nota. C'EST pour se rendre aux instances de ceux qui aiment ce petit Ouvrage, qu'on s'est dé-terminé à le purger d'un grand nombre de fautes grossieres, qui se sont glissées dans la plûpart de ses Editions. On y a fait aussi quelques additions, qui ont paru nécessaires pour la plénitude d'un des principaux Caracteres.

La Vignette & les Figures por-tent, en elles - mêmes, leur re-commandation & leur éloge.

HISTOIRE

Quinta laboras in Charybdi. Digne Puer meliore flamma!
Horat.

HISTOIRE
D·E
MANON LESCAUT.

PREMIERE PARTIE.

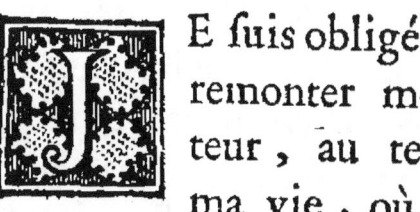 E fuis obligé de faire remonter mon Lec-teur, au temps de ma vie, où je ren-contrai pour la premiere fois le Chevalier des Grieux. Ce fut

I. Part.   **A**

environ fix mois avant mon départ pour l'Efpagne. Quoique je fortiffe rarement de ma folitude, la complaifance que j'avois pour ma Fille m'engageoit quelquefois à divers petits voyages, que j'abregeois autant qu'il m'étoit poffible. Je revenois un jour de Rouen, où elle m'avoit prié d'aller folliciter une affaire au Parlement de Normandie, pour la fucceffion de quelques Terres aufquelles je lui avois laiffé des prétentions du côté de mon Grand-pere maternel. Ayant repris mon chemin par Evreux, où je couchai la premiere nuit, j'arrivai le lendemain pour dîner, à Paffy, qui en eft éloi-

gné de cinq ou six lieues. Je
fus furpris, en entrant dans ce
Bourg, d'y voir tous les Ha-
bitans en allarme. Ils fe préci-
pitoient de leurs Maifons, pour
courir en foule à la porte d'une
mauvaife Hôtellerie, devant laquelle étoient deux chariots cou-
verts. Les chevaux, qui étoient
encore attelés, & qui paroiffoient fumans de fatigue & de
chaleur, marquoient que ces
deux voitures ne faifoient qu'arriver. Je m'arrêtai un moment,
pour m'informer d'où venoit le
tumulte; mais je tirai peu d'é-
claircifement d'une populace
curieufe, qui ne faifoit nulle
attention à mes demandes, &
qui s'avançoit toujours vers l'Hô-

tellerie, en se poussant avec
beaucoup de confusion. Enfin un
Archer, revêtu d'une bandou-
liere & le mousquet sur l'épau-
le, ayant paru à la porte, je lui
fis signe de la main de venir à
moi. Je le priai de m'apprendre
le sujet de ce désordre. Ce n'est
rien, Monsieur, me dit-il ; c'est
une douzaine de Filles de joye,
que je conduis avec mes Com-
pagnons, jusqu'au Havre-de-
Grace, où nous les ferons em-
barquer pour l'Amérique. Il y
en a quelques-unes de jolies ; &
c'est apparemment ce qui excite
la curiosité de ces bons Paysans.
J'aurois passé, après cette explication, si je n'eusse été arrêté
par les exclamations d'une vieille

femme , qui fortoit de l'Hôtellerie en joignant les mains, & criant
que c'étoit une chofe barbare, une
chofe qui faifoit horreur & com-
paffion. De quoi s'agit-il donc ,
lui dis-je ? Ah! Monfieur, entrez,
répondit-elle , & voyez fi ce fpectacle n'eft pas capable de fen-
dre le cœur ? La curiofité me fit
defcendre de mon cheval, que je
laiffai à mon Palfrenier. J'entrai
avec peine , en perçant la foule,
& je vis en effet quelque chofe
d'affez touchant. Parmi les douze Filles, qui étoient enchaînées
fix à fix par le milieu du corps ,
il y en avoit une dont l'air & la
figure étoient fi peu conformes
à fa condition , qu'en tout autre
état je l'euffe prife pour une per-

sonne du premier rang. Sa tristesse & la saleté de son linge &
de ses habits l'enlaidissoient si
peu, que sa vûe m'inspira du
respect & de la pitié. Elle tâ-
choit néanmoins de se tourner,
autant que sa chaîne pouvoit le
permettre, pour dérober son visage aux yeux des spectateurs.
L'effort qu'elle faisoit pour se
cacher étoit si naturel, qu'il paroissoit venir d'un sentiment de
modestie. Comme les six Gardes,
qui accompagnoient cette malheureuse bande, étoient aussi
dans la chambre, je pris le Chef
en particulier, & je lui demandai quelques lumieres sur le sort
de cette belle Fille. Il ne put m'en
donner que de fort générales.

Nous l'avons tirée de l'Hôpital, me dit-il, par ordre de M. le Lieutenant Général de Police. Il n'y a pas d'apparence qu'elle y eût été renfermée pour ſes bonnes actions. Je l'ai interrogée pluſieurs fois ſur la route ; elle s'obſtine à ne me rien répondre. Mais quoique je n'aye pas reçu ordre de la ménager plus que les autres, je ne laiſſe pas d'avoir quelques égards pour elle ; parce qu'il me ſemble qu'elle vaut un peu mieux que ſes Compagnes. Voilà un jeune homme, ajoûta l'Archer, qui pourroit vous inſtruire mieux que moi ſur la cauſe de ſa diſgrace. Il l'a ſuivie depuis Paris, ſans ceſſer preſque un moment de pleurer. Il

A iiij

faut que ce soit son Frere ou son
Amant. Je me tournai vers le
coin de la chambre, où ce jeune
homme étoit assis. Il paroissoit
enseveli dans une rêverie pro-
fonde. Je n'ai jamais vû de plus
vive image de la douleur. Il
étoit mis fort simplement ; mais
on distingue, au premier coup
d'œil, un homme qui a de la
naissance & de l'éducation. Je
m'approchai de lui. Il se leva ;
& je découvris dans ses yeux,
dans sa figure, & dans tous ses
mouvemens, un air si fin & si
noble, que je me sentis porté
naturellement à lui vouloir du
bien. Que je ne vous trouble
point, lui dis-je, en m'asseyant
près de lui. Voulez-vous bien

satisfaire la curiosité que j'ai de
connoître cette belle personne,
qui ne me paroît point faite pour
le triste état où je la vois ? Il me
répondit honnêtement qu'il ne
pouvoit m'apprendre qui elle
étoit, sans se faire connoître lui-
même, & qu'il avoit de fortes
raisons pour souhaiter de demeurer inconnu. Je puis vous
dire néanmoins, ce que ces Mi-
sérables n'ignorent point, continua-t'il en montrant les Archers ; c'est que je l'aime avec
une passion si violente, qu'elle
me rend le plus infortuné de
tous les hommes. J'ai tout employé, à Paris, pour obtenir sa
liberté. Les sollicitations, l'a-
dresse & la force m'ont été inu-

files; j'ai pris le parti de la fuivre, dût-elle aller au bout du
monde. Je m'embarquerai avec
elle. Je pafferai en Amérique.
Mais, ce qui eft de la derniere in-
humanité , ces lâches Coquins,
ajoûta - t'il en parlant des Archers , ne veulent pas me permettre d'approcher d'elle. Mon
deffein étoit de les attaquer ouvertement, à quelques lieues de
Paris. Je m'étois affocié quatre
hommes , qui m'avoient promis
leur fecours pour une fomme
confidérable. Les traîtres m'ont
laiffé feul aux mains , & font
partis avec mon argent. L'im-
poffibilité de réuffir par la force
m'a fait mettre les armes bas.
J'ai propofé aux Archers de me

permettre du moins de les suivre, en leur offrant de les ré-
compenſer. Le deſir du gain les
y a fait conſentir. Ils ont voulu être payés, chaque fois qu'ils
m'ont accordé la liberté de parler à ma Maîtreſſe.—Ma bourſe
s'eſt épuiſée en peu de temps ;
& maintenant que je ſuis ſans un
fou, ils ont la barbarie de me
repouſſer brutalement, lorſque
je fais un pas vers elle. Il n'y a
qu'un inſtant, qu'ayant oſé m'en
approcher malgré leurs menaces, ils ont eu l'inſolence de
lever contre moi le bout du fu-
ſil. Je ſuis obligé, pour ſatis-
faire leur avarice & pour me
mettre en état de continuer la
route à pied, de vendre ici un

mauvais cheval qui m'a fervi
jufqu'à préfent de monture.

Quoiqu'il parût faire affez
tranquillement ce récit, il laiffa tomber quelques larmes en lé
finiffant. Cette avanture me parut des plus extraordinaires &
des plus touchantes. Je ne vous
preffe pas, lui dis-je, de me
découvrir le fecret de vos affaires; mais fi je puis vous être
utile à quelque chofe, je m'offre volontiers à vous rendre fervice. Hélas! reprit-il, je ne vois
pas le moindre jour à l'efpérance. Il faut que je me foumette
à toute la rigueur de mon fort.
J'irai en Amérique. J'y ferai du
moins libre avec ce que j'aime.
J'ai écrit à un de mes Amis, qui

me fera tenir quelques fecours
au Havre-de-Grace. Je ne fuis
embarraffé que pour m'y conduire , & pour procurer à cette pauvre Créature, ajoûta-t'il en regardant triftement fa Maîtreffe,
quelque foulagement fur la route. Hé bien , lui dis-je , je vais
finir votre embarras. Voici quelque argent que je vous prie d'accepter. Je fuis fâché de ne pouvoir vous fervir autrement. Je
lui donnai quatre louis d'or,
fans que les Gardes s'en apper-
çuffent ; car je jugeois bien que
s'ils lui fçavoient cette fomme,
ils lui vendroient plus chére-
ment leurs fecours. Il me vint
même à l'efprit de faire marché
avec eux , pour obtenir au jeu-

ne Amant la liberté de parler
continuellement à sa Maîtresse
jusqu'au Havre. Je fis signe au
Chef de s'approcher, & je lui
en fis la proposition. Il en parut
honteux, malgré son effronte-
rie. Ce n'est pas, Monsieur, répondit-il d'un air embarrassé,
que nous refusions de le laisser
parler à cette Fille; mais il vou-
droit être sans cesse auprès d'elle; cela nous est incommode; il
est bien juste qu'il paye pour l'incommodité. Voyons donc, lui
dis-je, ce qu'il faudroit pour
vous empêcher de la sentir. Il
eut l'audace de me demander
deux louis. Je les lui donnai sur
le champ : mais prenez garde,
lui dis-je, qu'il ne vous échape

quelque friponnerie ; car je vais
laisser mon adresse à ce jeune
homme, afin qu'il puisse m'en
informer, & comptez que j'au-
rai le pouvoir de vous faire punir. Il m'en coûta six louis d'or.
La bonne grace & la vive recon-
noissance avec laquelle ce jeune Inconnu me remercia, ache-
verent de me persuader qu'il
étoit né quelque chose, & qu'il
méritoit ma libéralité. Je dis
quelques mots à sa Maîtresse,
avant que de sortir. Elle me répondit avec une modestie si douce & si charmante, que je ne pus
m'empêcher de faire, en sor-
tant, milles réflexions sur le caractere incompréhensible des
femmes.

Etant retourné à ma Solitude,
je ne fus point informé de la suite de cette avanture. Il se passa
près de deux ans, qui me la firent
oublier tout-à-fait ; jusqu'à ce que
le hazard me fit renaître l'occa-
sion d'en apprendre à fond toutes les circonstances. J'arrivois
de Londres à Calais, avec le
Marquis de... mon Eleve. Nous
logeâmes, si je m'en souviens
bien, au Lion d'or, où quelques
raisons nous obligerent de passer
le jour entier & la nuit suivante.
En marchant l'après midi dans
les rues, je crus appercevoir ce
même jeune homme, dont j'avois
fait la rencontre à Passy. Il étoit
en fort mauvais équipage, &
beaucoup plus pâle que je ne l'a-
vois

vois vû la premiere fois. Il portoit sur le bras un vieux porte-
manteau, ne faisant qu'arriver
dans la Ville. Cependant, comme il avoit la physionomie trop
belle pour n'être pas reconnu facilement, je le remis auffi-tôt.
Il faut, dis-je au Marquis, que
nous abordions ce jeune homme. Sa joye fut plus vive que
toute expreffion, lorfqu'il m'eut
remis à fon tour. Ah! Monfieur,
s'écria-t'il en me baifant la main,
je puis donc encore une fois vous
marquer mon immortelle recon-
noiffance. Je lui demandai d'où
il venoit. Il me répondit qu'il arrivoit, par mer, du Havre-de-
Grace, où il étoit revenu de l'A-
mérique peu auparavant. Vous

ne me paroiſſez pas fort bien en
argent, lui dis-je ; allez-vous-
en au Lion d'or où je ſuis logé, je vous rejoindrai dans
un moment. J'y retournai en
effet, plein d'impatience d'apprendre le détail de ſon infortune & les circonſtances de ſon
voyage d'Amérique. Je lui fis
mille careſſes, & j'ordonnai
qu'on ne le laiſſât manquer de
rien. Il n'attendit point que je
le preſſaſſe de me raconter l'hi-
ſtoire de ſa vie. Monſieur, me
dit-il, vous en uſez ſi noble-
ment avec moi, que je me re-
procherois comme une baſſe ingratitude, d'avoir quelque choſe de réſervé pour vous. Je veux
vous apprendre, non-ſeulement

mes malheurs & mes peines,
mais encore mes defordres &
mes plus honteufes foibleffes.
Je fuis fûr qu'en me condam-
nant ; vous ne pourrez pas vous
empêcher de me plaindre.

Je dois avertir ici le Lecteur
que j'écrivis fon hiftoire pref-
qu'auffi-tôt après l'avoir enten-
due, & qu'on peut s'affurer par
conféquent que rien n'eft plus
exact & plus fidéle que cette
narration. Je dis fidéle jufques
dans la relation des réflexions
& des fentimens, que le jeune
Avanturier exprimoit de la meilleure grace du monde. Voici
donc fon récit, auquel je ne mê-
lerai, jufqu'à la fin, rien qui ne
foit de lui.

J'AVOIS dix-sept ans, & j'achevois mes études de Philosophie à Amiens, où mes Parens, qui sont d'une des meilleures Maisons de P..... m'avoient envoyé. Je menois une vie si sage & si reglée, que mes Maîtres me proposoient pour l'exemple du Collège. Non que je fisse des efforts extraordinaires pour mériter cet éloge; mais j'ai l'humeur naturellement douce & tranquille : je m'appliquois à l'étude par inclination, & l'on me comptoit pour des vertus quelques marques d'aversion naturelle pour le vice. Ma naissance, le succès de mes études, & quelques agrémens extérieurs m'avoient fait connoître & esti-

mer de tous les honnêtes-gens
de la Ville. J'achevai mes exercices publics avec une approba-
tion si générale, que Monsieur
l'Evêque, qui y assistoit, me
proposa d'entrer dans l'Etat Ecclésiastique, où je ne manquerois pas, disoit-il, de m'atti-
rer plus de distinction que dans
l'Ordre de Malte, auquel mes
Parens me destinoient. Ils me
faisoient déja porter la Croix,
avec le nom de Chevalier des
Grieux. Les vacances arrivant,
je me préparois à retourner chez
mon Pere, qui m'avoit promis
de m'envoyer bientôt à l'Académie. Mon seul regret, en quittant Amiens, étoit d'y laisser
un Ami, avec lequel j'avois tou-

jours été tendrement uni. Il étoit
de quelques années plus âgé que
moi. Nous avions été élevés enfemble ; mais le bien de fa Maifon étant des plus médiocres, il
étoit obligé de prendre l'Etat
Ecclésiastique , & de demeurer
à Amiens après moi , pour y
faire les études qui convien-
nent à cette profession. Il avoit
mille bonnes qualités. Vous le
connoîtrez par les meilleures ,
dans la suite de mon histoire,
& surtout par un zele & une
générosité en amitié, qui surpas-
sent les plus célébres exemples
de l'Antiquité. Si j'eusse alors
suivi ses conseils, j'aurois toujours été sage & heureux. Si j'a-
vois du moins profité de ses

reproches dans le précipice où mes paffions m'ont entraîné, j'aurois fauvé quelque chofe du naufrage de ma fortune & de ma réputation. Mais il n'a point recueilli d'autre fruit de fes foins, que le chagrin de les voir inutiles, & quelquefois durement récompenfés, par un ingrat qui s'en offençoit & qui les traitoit d'importunités.

J'avois marqué le tems de mon départ d'Amiens. Hélas! que ne le marquois-je un jour plutôt! j'aurois porté chez mon Pere toute mon innocence. La veille même de celui que je devois quitter cette ville, étant à me promener avec mon ami, qui s'appelloit Tiberge, nous

vîmes arriver le Coche d'Arras,
& nous le suivîmes jusqu'à
l'Hôtellerie où ces voitures des-
cendent. Nous n'avions pas
d'autre motif que la curiosité.
Il en sortit quelques femmes,
qui se retirerent aussi-tôt. Mais
il en resta une, fort jeune, qui
s'arrêta seule dans la cour, pendant qu'un homme d'un âge
avancé, qui paroissoit lui servir
de conducteur, s'empressoit
pour faire tirer son équipage des
paniers. Elle me parut si charmante, que moi, qui n'avois
jamais pensé à la difference des
sexes, ni regardé une fille avec
un peu d'attention ; moi, dis-
je, dont tout le monde admiroit la sagesse & la retenue, je
me

me trouvai enflammé tout d'un coup jufqu'au tranfport. J'avois le défaut d'être exceffivement timide & facile à déconcerter ; mais loin d'être arrêté alors par cette foibleffe , je m'avançai vers la maîtreffe de mon cœur. Quoiqu'elle fût encore moins âgée que moi, elle reçut mes politeffes, fans paroître embarraffée. Je lui demandai ce qui l'amenoit à Amiens , & fi elle y avoit quelques perfonnes de connoiffance. Elle me répondit ingénûment , qu'elle y étoit envoyée par fes Parens, pour être Religieufe. L'amour me rendoit déja fi éclairé , depuis un moment qu'il étoit dans mon cœur, que je regardai ce

I. Part.   C

deffein comme un coup mortel,
pour mes defirs. Je lui parlai
d'une maniere, qui lui fit comprendre mes fentimens ; car
elle étoit bien plus expérimen-
tée que moi : c'étoit malgré
elle qu'on l'envoyoit au Couvent, pour arrêter fans doute
fon penchant au plaifir, qui
s'étoit déja déclaré, & qui a
caufé dans la fuite tous fes malheurs & les miens. Je combat-
tis la cruelle intention de fes
Parens, par toutes les raifons
que mon amour naiffant &
mon éloquence fcolaftique pu-
rent me fuggérer. Elle n'af-
fecta, ni rigueur, ni dédain.
Elle me dit, après un moment
de filence, qu'elle ne prévoyoit

que trop qu'elle alloit être malheureuse ; mais que c'étoit apparemment la volonté du Ciel,
puisqu'il ne lui laissoit nul
moyen de l'éviter. La douceur
de ses regards , un air charmant de tristesse en prononçant
ces paroles , ou plutôt l'ascen-
dant de ma destinée , qui m'en-
traînoit à ma perte , ne me
permirent pas de balancer un
moment sur ma réponse. Je
l'assurai que si elle vouloit faire
quelque fond sur mon honneur,
& sur la tendresse infinie qu'elle
m'inspiroit déja , j'employerois
ma vie pour la délivrer de la
tyrannie de ses Parens , & pour
la rendre heureuse. Je me suis
étonné mille fois , en y réflé-

chiffant, d'où me venoit alors
tant de hardieffe & de faeilité à
m'exprimer ; mais on ne feroit
pas une Divinité de l'Amour,
s'il n'operoit fouvent des pro-
diges. J'ajoûtai mille chofes
preffantes. Ma belle Inconnue
fçavoit bien qu'on n'eft point
trompeur à mon âge : elle me
confeffa que fi je voyois quelque jour à la pouvoir mettre en
liberté , elle croiroit m'être re-
devable de quelque chofe de
plus cher que la vie. Je lui ré-
petai que j'étois prêt à tout entreprendre ; mais n'ayant point
affez d'expérience pour imaginer tout d'un coup les moyens
de la fervir , je m'en tenois à
cette affurance génerale , qui ne

J.J. Pasquier inv. et Sc.

pouvoit être d'un grand secours
pour elle & pour moi. Son vieil
Argus étant venu nous rejoindre, mes espérances alloient
échouer, si elle n'eût eu assez
d'esprit pour suppléer à la sté-
rilité du mien. Je fus surpris,
à l'arrivée de son Conducteur,
qu'elle m'appella son cousin,
& que sans paroître déconcer-
tée le moins du monde, elle
me dit que puisqu'elle étoit
assez heureuse pour me ren-
contrer à Amiens, elle remettoit au lendemain son entrée
dans le Couvent, afin de se
procurer le plaisir de souper
avec moi. J'entrai fort bien dans
le sens de cette ruse : je lui
proposai de se loger dans une

C iij

Hôtellerie, dont le Maître, qui s'étoit établi à Amiens, après avoir été long-temps Cocher de mon Pere, étoit dévoué entiérement à mes ordres. Je l'y conduisis moi-même, tandis que le vieux Conducteur paroissoit un peu murmurer, & que mon ami Tiberge, qui ne comprenoit rien à cette scène, me suivoit sans prononcer une parole. Il n'avoit point entendu notre entretien. Il étoit demeuré à se promener dans la cour, pendant que je parlois d'amour à ma belle Maîtresse. Comme je redoutois sa sagesse, je me défis de lui par une commission, dont je le priai de se charger. Ainsi j'eus le plaisir, en arrivant à l'Auberge, d'entretenir seule la Souveraine de mon cœur. Je reconnus bien-tôt que j'étois moins enfant que je ne le croyois. Mon cœur s'ouvrit à mille fentimens de plaifir, dont je n'avois jamais eu l'idée. Une douce chaleur fe répandit dans toutes mes veines. J'étois dans une efpece de tranfport, qui m'ôta pour quelque tems la liberté de la voix, & qui ne s'exprimoit que par mes yeux. Mlle Manon Lefcaut, c'eft ainfi qu'elle me dit qu'on la nommoit, parut fort fatisfaite de cet effet de fes charmes. Je crus appercevoir qu'elle n'étoit pas moins émûe que moi. Elle me confeffa qu'elle me trouvoit

C iiij

aimable, & qu'elle feroit ravie
de m'avoir obligation de fa liberté. Elle voulut fçavoir qui
j'étois , & cette connoiffance
augmenta fon affection ; parce
qu'étant d'une naiffance commune , elle fe trouva flatée d'a-
voir fait la conquête d'un Amant
tel que moi. Nous nous en-
tretînmes des moyens d'être
l'un à l'autre. Après quantité
de réflexions , nous ne trouvâmes point d'autre voye que
celle de la fuite. Il falloit tromper la vigilance du Conducteur,
qui étoit un homme à ménager , quoiqu'il ne fût qu'un
domeftique. Nous reglâmes que
je ferois préparer pendant la
nuit une chaife de pofte , & que

je reviendrois de grand matin
à l'Auberge, avant qu'il fût
éveillé; que nous nous déro-
berions fecretement, & que
nous irions droit à Paris, où
nous nous ferions marier en
arrivant. J'avois environ cin-
quante écus, qui étoient le
fruit de mes petites épargnes;
elle en avoit à peu près le dou-
ble. Nous nous imaginâmes,
comme des enfans fans expérience, que cette fomme ne fi-
niroit jamais, & nous ne com-
ptâmes pas moins fur le fuccès
de nos autres mefures.

Après avoir foupé, avec plus
de fatisfaction que je n'en avois
jamais reffenti, je me retirai
pour executer notre projet. Mes

arrangemens furent d'autant plus
faciles, qu'ayant eu deffein de
retourner le lendemain chez
mon Pere, mon petit équipage
étoit déja préparé. Je n'eus donc
nulle peine à faire tranfporter
ma malle, & à faire tenir une
chaife prête pour cinq heures du
matin, qui étoient le temps où
les portes de la Ville devoient
être ouvertes ; mais je trouvai
un obftacle dont je ne me dé-
fiois point, & qui faillit de
rompre entiérement mon deffein.

Tiberge, quoiqu'âgé feulement de trois ans plus que moi,
étoit un garçon d'un fens mûr,
& d'une conduite fort reglée. Il
m'aimoit avec une tendreffe ex-

traordinaire. La vûe d'une auſſi
jolie Fille que Mademoiſelle
Manon, mon empreſſement à
la conduire, & le ſoin que j'a-
vois eu de me défaire de lui en
l'éloignant, lui firent naître
quelques ſoupçons de mon a-
mour. Il n'avoit oſé revenir à
l'Auberge où il m'avoit laiſſé,
de peur de m'offenſer par ſon
retour ; mais il étoit allé m'attendre à mon logis, où je le trouvai en arrivant, quoiqu'il fût
dix heures du ſoir. Sa préſence
me chagrina. Il s'apperçut facilement de la contrainte qu'elle
me cauſoit. Je ſuis ſûr, me dit-
il ſans déguiſement, que vous
méditez quelque deſſein que
vous me voulez cacher ; je le

vois à votre air. Je lui répondis
affez brufquement que je n'é-
tois pas obligé de lui rendre
compte de tous mes deffeins.
Non, reprit-il ; mais vous m'a-
vez toujours traité en Ami, &
cette qualité fuppofe un peu de
confiance & d'ouverture. Il me
preffa fi fort & fi long-temps de
lui découvrir mon fecret, que
n'ayant jamais eu de réferve avec
lui, je lui fis l'entiere confidence de ma paffion. Il la reçut avec
une apparence de mécontente-
ment qui me fit frémir. Je me
repentis furtout de l'indifcré-
tion, avec laquelle je lui avois
découvert le deffein de ma fuite. Il me dit qu'il étoit trop parfaitement mon Ami, pour ne

pas s'y oppofer de tout fon pouvoir ; qu'il vouloit me repréfenter d'abord tout ce qu'il
croyoit capable de m'en détour-
ner ; mais que fi je ne renonçois
pas enfuite à cette miférable réfolution , il avertiroit des perfonnes qui pourroient l'arrêter
à coup fûr. Il me tint là-deffus
un difcours férieux , qui dura
plus d'un quart-d'heure , & qui
finit encore par la menace de me
dénoncer , fi je ne lui donnois
ma parole de me conduire avec
plus de fageffe & de raifon. J'é-
tois au défefpoir de m'être trahi fi mal-à-propos. Cependant ,
l'Amour m'ayant ouvert extrêmement l'efprit depuis deux ou
trois heures , je fis attention que

je ne lui avois pas découvert que
mon deffein devoit s'executer le
lendemain, & je réfolus de le
tromper à la faveur d'une équi-
voque. Tiberge, lui dis-je, j'ai
cru jufqu'à préfent que vous êtiez
mon Ami, & j'ai voulu vous
éprouver par cette confidence. Il
eft vrai que j'aime, je ne vous
ai pas trompé ; mais pour ce qui
regarde ma fuite, ce n'eft point
une entreprife à former au ha-
fard. Venez me prendre demain
à neuf heures ; je vous ferai voir,
s'il fe peut, ma Maîtreffe, &
vous jugerez fi elle mérite que
je faffe cette démarche pour elle.
Il me laiffa feul, après mille pro-
teftations d'amitié. J'employai
la nuit à mettre ordre à mes af-

faires, & m'étant rendu à l'Hôtellerie de Mademoiselle Manon, vers la pointe du jour, je
la trouvai qui m'attendoit. Elle
étoit à sa fenêtre, qui donnoit
sur la rue ; de sorte que m'ayant
apperçu, elle vint m'ouvir elle-
même. Nous sortîmes sans bruit,
Elle n'avoit point d'autre équipage que son linge, dont je me
chargeai moi-même. La chaise
étoit en état de partir ; nous nous
éloignâmes aussi-tôt de la Ville.
Je rapporterai dans la suite quelle fut la conduite de Tiberge,
lorsqu'il s'apperçut que je l'a-
vois trompé. Son zéle n'en de-
vint pas moins ardent. Vous verrez à quel excès il le porta, &
combien je devrois verser de lar-

mes, en fongeant quelle en a toujours été la récompenfe.

Nous nous hâtâmes tellement d'avancer, que nous arrivâmes à Saint-Denis avant la nuit. J'avois couru à cheval, à côté de la chaife, ce qui ne nous avoit guéres permis de nous entretenir qu'en changeant de chevaux; mais lorfque nous nous vîmes fi proche de Paris, c'eft-à-dire, prefque en fûreté, nous prîmes le temps de nous rafraîchir, n'ayant rien mangé depuis notre départ d'Amiens. Quelque paffionné que je fuffe pour Manon, elle fçut me perfuader qu'elle ne l'étoit pas moins pour moi. Nous étions fi peu réfervés dans nos careffes, que nous n'avions

vions pas la patience d'attendre
que nous fuſſions ſeuls. Nos
Poſtillons & nos Hôtes nous regardoient avec admiration ; &
je remarquois qu'ils étoient ſur-
pris de voir deux enfans de notre âge, qui paroiſſoient s'aimer juſqu'à la fureur. Nos projets de mariage furent oubliés à
Saint-Denis ; nous fraudâmes
les droits de l'Egliſe , & nous
nous trouvâmes époux ſans y
avoir fait réflexion. Il eſt ſûr
que du naturel tendre & conſ-
tant dont je ſuis, j'étois heureux pour toute ma vie, ſi Manon m'eût été fidéle. Plus je la
connoiſſois, plus je découvrois
en elle de nouvelles qualités aimables. Son eſprit, ſon cœur,

I. Part.   D

fa douceur & fa beauté , for-
moient une chaîne fi forte & fi
charmante, que j'aurois mis tout
mon bonheur à n'en fortir jamais. Terrible changement ! Ce
qui fait mon defefpoir a pû faire ma félicité. Je me trouve le
plus malheureux de tous les
hommes, par cette même conf-
tance , dont je devois attendre
le plus doux de tous les forts ,
& les plus parfaites récompen-
fes de l'Amour.

Nous prîmes un appartement
meublé à Paris. Ce fut dans la
rue V....., & pour mon malheur
auprès de la Maifon de M. de
B...... célebre Fermier Général.
Trois femaines fe pafferent, pen-
dans lefquelles j'avois été fi rem-

pli de ma paſſion, que j'avois peu ſongé à ma famille, & au chagrin que mon Pere avoit dû reſſentir de mon abſence. Cependant, comme la débauche n'avoit nulle part à ma conduite, & que Manon ſe comportoit auſſi avec beaucoup de retenue, la tranquillité où nous vivions ſervit à me faire rapeller peu-à-peu l'idée de mon devoir. Je réſolus de me reconcilier, s'il étoit poſſible, avec mon Pere. Ma Maîtreſſe étoit ſi aimable, que je ne doutai point qu'elle ne pût lui plaire, ſi je trouvois moyen de lui faire connoître ſa ſageſſe & ſon mérite : en un mot, je me flattai d'obtenir de lui la liberté de l'épou-

fer, ayant été defabufé de l'efpérance de le pouvoir fans fon
confentement. Je communiquai
ce projet à Manon ; & je lui fis
entendre qu'outre les motifs de
l'amour & du devoir, celui de
la néceffité pouvoit y entrer auffi
pour quelque chofe, car nos
fonds étoient extrêmement alte-
rés, & je commençois à revenir
de l'opinion qu'ils étoient iné-
puifables. Manon reçut froidement cette propofition. Cependant, les difficultés qu'elle y op-
pofa n'étant prifes que de fa
tendreffe même, & de la crainte
de me perdre, fi mon Pere n'entroit point dans notre deffein,
après avoir connu le lieu de notre retraite, je n'eus pas le moin-

dre foupçon du coup cruel qu'on
fe préparoit à me porter. A l'objection de la néceffité , elle répondit qu'il nous reftoit encore
de quoi vivre quelques femaines , & qu'elle trouveroit après
cela des reffources dans l'affection de quelques Parens, à qui
elle écriroit en Province. Elle
adoucit fon refus par des careffes
fi tendres & fi paffionnées , que
moi qui ne vivois que dans elle,
& qui n'avois pas la moindre défiance de fon cœur , j'applaudis
à toutes fes réponfes & à toutes
fes réfolutions. Je lui avois laiffé la difpofition de notre bourfe & le foin de payer notre dépenfe ordinaire. Je m'apperçus,
peu après, que notre table étoit

mieux fervie, & qu'elle s'étoit
donné quelques ajuftemens d'un
prix confidérable. Comme je
n'ignorois pas qu'il devoit nous
refter à peine douze ou quinze
piftoles, je lui marquai mon
étonnement de cette augmenta-
tion apparente de notre opulence. Elle me pria, en riant,
d'être fans embarras. Ne vous
ai-je pas promis, me dit-elle,
que je trouverois des reffources?
Je l'aimois avec trop de fimpli-
cité pour m'allarmer facilement.

Un jour que j'étois forti l'a-
près-midi, & que je l'avois
avertie que je ferois dehors plus
long-tems qu'à l'ordinaire, je
fus étonné qu'à mon retour, on
me fit attendre deux ou trois

minutes à la porte. Nous n'é-
tions fervis que par une petite
Fille, qui étoit à peu près de
notre âge. Etant venue m'ouvrir, je lui demandai pourquoi
elle avoit tardé fi long-temps ?
Elle me répondit, d'un air embarraffé, qu'elle ne m'avoit
point entendu fraper. Je n'avois
frappé qu'une fois ; je lui dis :
mais fi vous ne m'avez pas entendu, pourquoi êtes-vous donc
venu m'ouvrir ? Cette queftion
la déconcerta fi fort, que n'ayant
point affez de préfence d'efprit
pour y répondre, elle fe mit à
pleurer, en m'affurant que ce
n'étoit point fa faute, & que
Madame lui avoit défendu d'ouvrir la porte jufqu'à ce que M.

de B...... fût sorti par l'autre escalier, qui répondoit au cabinet. Je demeurai si confus, que
je n'eus point la force d'entrer
dans l'appartement. Je pris le
parti de descendre, sous prétexte d'une affaire, & j'ordonnai à cet enfant de dire à sa
Maîtresse que je retournerois
dans le moment, mais de ne
pas faire connoître qu'elle m'eût
parlé de M. de B......

Ma consternation fut si grande, que je versois des larmes
en descendant l'escalier, sans
sçavoir encore de quel sentiment elles partoient. J'entrai
dans le premier Caffé ; & m'y
étant assis près d'une table, j'ap-
puyai la tête sur mes deux mains,

pour

pour y développer ce qui se passoit dans mon cœur. Je n'osois
rappeller ce que je venois d'entendre. Je voulois le considérer
comme une illusion; & je fus
prêt deux ou trois fois de retourner au logis, sans marquer
que j'y eusse fait attention. Il
me paroissoit si impossible que
Manon m'eut trahi, que je
craignois de lui faire injure en
la soupçonnant. Je l'adorois,
cela étoit sûr; je ne lui avois
pas donné plus de preuves d'a-
mour, que je n'en avois reçû
d'elle; pourquoi l'aurois-je ac-
cusée d'être moins sincere &
moins constante que moi? Quelle raison auroit-elle eu de me
tromper? Il n'y avoit que trois

I. Part.   E

heures qu'elle m'avoit accablé
de fes plus tendres careffes, &
qu'elle avoit reçu les miennes
avec tranfport ; je ne connoiffois
pas mieux mon cœur que le fien.
Non, non, repris-je, il n'eft
pas poffible que Manon me tra-
hiffe. Elle n'ignore pas que je
ne vis que pour elle. Elle fçait
trop bien que je l'adore. Ce
n'eft pas-là un fujet de me haïr.

Cependant la vifite & la
fortie furtive de M. de B...
-me caufoient de l'embarras. Je
rappellois auffi les petites ac-
quifitions de Manon, qui me
fembloient furpaffer nos richeffes préfentes. Cela paroiffoit fentir les libéralités
d'un nouvel Amant. Et cette

confiance, qu'elle m'avoit mar-
quée pour des ressources qui
m'étoient inconnues; j'avois peine à donner à tant d'énigmes,
un sens aussi favorable que
mon cœur le souhaitoit. D'un
autre côté, je ne l'avois presque pas perdue de vûe, depuis
que nous étions à Paris. Occu-
pations, promenades, divertis-
semens, nous avions toujours
été, l'un à côté de l'autre : mon
Dieu ! un instant de séparation
nous auroit trop affligés. Il falloit nous dire sans cesse que nous
nous aimions ; nous serions
morts d'inquiétude sans cela.
Je ne pouvois donc m'imaginer
presque un seul moment , où
Manon pût s'être occupée d'un

autre que moi. A la fin , je crus
avoir trouvé le dénouement de
ce myſtere. M. de B..., dis-je
en moi-même , eſt un homme
qui fait de groſſes affaires , &
qui a de grandes relations ; les
Parens de Manon ſe feront fervis de cet homme, pour lui faire
tenir quelque argent. Elle en
a peut-être déja reçu de lui ; il
eſt venu aujourd'hui lui en apporter encore Elle s'eſt fait ſans
doute un jeu de me le cacher ,
pour me ſurprendre agréablement. Peut - être m'en auroit-
elle parlé , ſi j'étois rentré à l'ordinaire , au lieu de venir ici
m'affliger. Elle ne me le cachera
pas du moins , lorſque je lui en
parlerai moi-même.

Je me remplis si fortement
de cette opinion, qu'elle eut
la force de diminuer beaucoup ma tristesse. Je retournai
sur le champ au logis. J'embraf-
fai Manon avec ma tendreffe
ordinaire. Elle me reçut fort
bien. J'étois tenté d'abord de
lui découvrir mes conjectures,
que je regardois plus que jamais comme certaines ; je me
retins, dans l'esperance qu'il
lui arriveroit peut - être de me
prévenir, en m'apprenant tout
ce qui s'étoit paffé. On nous fervis à fouper. Je me mis à table
d'un air fort gai ; mais à la lumiere de la chandelle, qui étoit
entre elle & moi, je crus appercevoir de la tristeffe sur le

visage & dans les yeux de ma
chere Maîtresse. Cette pensée
m'en inspira aussi. Je remarquai que ses regards s'attachoient sur moi, d'une autre
façon qu'ils n'avoient accoutumé. Je ne pouvois démêler si
c'étoit de l'amour, ou de la
compassion ; quoiqu'il me parût que c'étoit un sentiment
doux & languissant. Je la regardai avec la même attention ;
& peut-être n'avoit-elle pas
moins de peine à juger de la
situation de mon cœur par mes
regards. Nous ne pensions, ni
à parler, ni à manger. Enfin, je
vis tomber des larmes de ses
beaux yeux : perfides larmes !
Ah Dieux ! m'écriai-je, vous

pleurez, ma chere Manon : vous
êtes affligée jufqu'à pleurer, &
vous ne me dites pas un feul
mot de vos peines. Elle ne me
répondit que par quelques foupirs, qui augmenterent mon
inquiétude. Je me levai en
tremblant ; je la conjurai, avec
tous les empreffemens de l'A-
mour, de me découvrir le fujet
de fes pleurs ; j'en verfai moi-
même, en effuyant les fiens ;
j'étois plus mort que vif. Un
Barbare auroit été attendri des
témoignages de ma douleur &
de ma crainte. Dans le tems
que j'étois ainfi tout occupé d'elle, j'entendis le bruit de plufieurs perfonnes, qui montoient
l'efcalier. On frappa doucement

à la porte. Manon me donna un baiser ; & s'échappant de mes bras, elle entra rapidement dans le cabinet, qu'elle ferma auffitôt fur elle. Je me figurai qu'étant un peu en défordre, elle vouloit fe cacher aux yeux des Etrangers qui avoient frappé. J'allai leur ouvrir moi-même. A peine avois-je ouvert, que je me vis faifir par trois hommes, que je reconnus pour les Laquais de mon Pere. Ils ne me firent point de violence ; mais, deux d'entr'eux m'ayant pris par les bras, le troifiéme vifita mes poches, dont il tira un petit couteau, qui étoit le feul fer que j'euffe fur moi. Ils me demanderent pardon de la néceffité

où ils étoient de me manquer
de respect; ils me dirent naturellement qu'ils agissoient
par l'ordre de mon Pere, &
que mon Frere aîné m'attendoit
en bas dans un carosse. J'étois si
troublé, que je me laissai conduire, sans résister & sans répondre. Mon Frere étoit effectivement à m'attendre. On me mit
dans le carosse, auprès de lui;
& le cocher, qui avoit ses ordres, nous conduisit à grand
train jusqu'à Saint Denis. Mon
Frere m'embrassa tendrement;
mais il ne me parla point; de
sorte que j'eus tout le loisir, dont
j'avois besoin, pour rêver à mon
infortune.

J'y trouvai d'abord tant d'ob-

fcurité, que je ne voyois pas de
jour à la moindre conjecture.
J'étois trahi cruellement; mais
par qui? Tiberge fut le premier
qui me vint à l'efprit. Traître!
difois-je, c'eft fait de ta vie, fi
mes foupçons fe trouvent juftes.
Cependant je fis réflexion qu'il
ignoroit le lieu de ma demeure,
& qu'on ne pouvoit par conféquent l'avoir appris de lui. Accufer Manon, c'eft de quoi mon
cœur n'ofoit fe rendre coupable.
Cette trifteffe extraordinaire,
dont je l'avois vûe comme ac-
cablée, fes larmes, le tendre
baifer qu'elle m'avoit donné en
fe retirant, me paroiffoient
bien une énigme; mais je me
fentois porté à l'expliquer com-

me un preffentiment de notre
malheur commun; & dans le
tems que je me défefperois de
l'accident qui m'arrachoit à elle,
j'avois la crédulité de m'imaginer qu'elle étoit encore plus à
plaindre que moi. Le réfultat
de ma méditation fut de me
perfuader, que j'avois été apperçu dans les rues de Paris, par
quelques perfonnes de connoiffance, qui en avoient donné
avis à mon Pere. Cette penfée
me confola. Je comptois d'en
être quitte pour des reproches,
ou pour quelques mauvais trai-
temens, qu'il me faudroit effuïer
de l'autorité paternelle. Je réfolus de les fouffrir avec patience, & de promettre tout ce

qu'on exigeroit de moi, pour
me faciliter l'occafion de retourner plus promptement à Paris , & d'aller rendre la vie &
la joïe à ma chere Manon.

Nous arrivâmes, en peu de
tems, à Saint Denis. Mon frere,
furpris de mon filence , s'imagina que c'étoit un effet de ma
crainte. Il entreprit de me confoler, en m'affurant que je n'a-
vois rien à redouter de la féve-
rité de mon Pere , pourvû que
je fuffe difpofé à rentrer doucement dans le devoir , & à mériter l'affection qu'il avoit pour
moi. Il me fit paffer la nuit à
Saint Denis , avec la précaution
de faire coucher les trois Laquais dans ma chambre. Ce qui

me caufa une peine fenfible, fut
de me voir dans la même Hôtellerie òù je m'étois arrêté avec
Manon, en venant d'Amiens à
Paris. L'Hôte & les Domeftiques
me reconnurent, & devinerent
en même tems la vérité de mon
hiftoire. J'entendis dire à l'Hôte : hà ! c'eft ce joli Monfieur,
qui paffoit, il y a fix femaines,
avec une petite Demoifelle qu'il
aimoit fi fort. Qu'elle étoit charmante ! les pauvres Enfans,
comme ils fe careffoient ! Pardi,
c'eft dommage qu'on les ait fé-
parés, Je feignois de ne rien
entendre, & je me laiffois voir
le moins qu'il m'étoit poffible.
Mon Frere avoit, à Saint Denis,
une chaife à deux, dans laquelle

nous partîmes de grand matin ;
& nous arrivâmes chez nous le
lendemain au foir. Il vit mon
Pere avant moi , pour le prévenir en ma faveur , en lui apprenant avec quelle douceur je
m'étois laiffé conduire ; de forte
que j'en fus reçu moins durement, que je ne m'y étois attendu. Il fe contenta de me faire
quelques reproches généraux ,
fur la faute que j'avois com-
mife en m'abfentant fans fa
permiffion. Pour ce qui regardoit ma Maîtreffe , il me dit
que j'avois bien mérité ce qui
venoit de m'arriver , en me li-
vrant à une Inconnue ; qu'il
avoit eu meilleure opinion de
ma prudence ; mais qu'il efpé-

roit que cette petite avanture me
rendroit plus fage. Je ne pris
ce difcours, que dans le fens
qui s'accordoit avec mes idées.
Je remerciai mon Pere de la
bonté qu'il avoit de me pardon-
ner, & je lui promis de prendre une conduite plus foumife
& plus reglée. Je triomphois au
fond du cœur : car de la maniere dont les chofes s'arran-
geoient, je ne doutois point
que je n'euffe la liberté de me
dérober de la maifon, même
avant la fin de la nuit.

On fe mit à table pour fouper ; on me railla fur ma conquête d'Amiens, & fur ma fuite
avec cette fidelle Maîtreffe. Je
reçus les coups de bonne grace,

J'étois même charmé qu'il me
fût permis de m'entretenir, de
ce qui m'occupoit continuellement l'efprit. Mais quelques
mots, lâchés par mon Pere,
me firent prêter l'oreille avec
la derniere attention. Il parla de
perfidie, & de fervice intereffé,
rendu par Monfieur B... Je
demeurai interdit, en lui entendant prononcer ce nom, &
je le priai humblement de s'expliquer davantage. Il fe tourna
vers mon Frere, pour lui demander s'il ne m'avoit pas raconté toute l'hiftoire. Mon Frere
lui répondit que je lui avois
paru fi tranquille fur la route,
qu'il n'avoit pas cru que j'euffe
befoin de ce remede pour me

                    guérir

guérir de ma folie. Je remarquai que mon Pere balançoit s'il acheveroit de s'expliquer. Je l'en suppliai si instamment, qu'il me satisfit, ou plutôt, qu'il m'assassina cruellement par le plus horrible de tous les récits.

Il me demanda d'abord si j'avois toujours eu la simplicité de croire, que je fusse aimé de ma Maîtresse Je lui dis hardiment que j'en étois si sûr, que rien ne pouvoit m'en donner la moindre défiance. Ha, ha, ha, s'écria-t-il en riant de toute sa force, cela est excellent ! Tu es une jolie dupe, & j'aime à te voir dans ces sentimens-là. C'est grand dommage, mon pauvre Chevalier, de te faire entrer

I. Part.   F

dans l'Ordre de Malte, puisque tu as tant de disposition à faire un Mari patient & commode. Il ajouta mille railleries de cette force, sur ce qu'il appelloit ma sottise & ma crédulité. Enfin, comme je demeurois dans le silence, il continua de me dire que suivant le calcul qu'il pouvoit faire du tems, depuis mon départ d'Amiens, Manon m'avoit aimé environ douze jours : car, ajouta-t-il, je sçais que tu partis d'Amiens, le 28 de l'autre mois ; nous sommes au 29 du présent : il y en a onze que Monsieur B . . . m'a écrit ; je suppose qu'il lui en ait fallut huit pour lier une parfaite connoissance avec ta Maîtresse ;

ainſi qui ôte onze & huit, de
trente - un jours qu'il y a depuis le 28 d'un mois juſqu'au
29 de l'autre, reſte douze; un
peu plus ou moins. Là-deſſus, les
éclats de rire recommencerent.
J'écoutois tout avec un ſaiſiſſe-
ment de cœur, auquel j'appré-
hendois de ne pouvoir réſiſter
juſqu'à la fin de cette triſte co-
médie. Tu ſçauras donc, reprit
mon Pere, puiſque tu l'ignores,
que Monſieur B... a gagné le
cœur de ta Princeſſe; car il ſe
mocque de moi, de prétendre
me perſuader que c'eſt par un
zéle déſintereſſé pour mon ſervice, qu'il a voulu te l'enlever.
C'eſt bien d'un homme tel que
lui, de qui d'ailleurs je ne ſuis

pas connu, qu'il faut attendre
des sentimens si nobles. Il a
sçu d'elle que tu es mon fils ;
& pour se délivrer de tes importunités, il m'a écrit le lieu
de ta demeure & le désordre où
tu vivois, en me faisant entendre qu'il falloit main-forte pour
s'assurer de toi. Il s'est offert
de me faciliter les moyens de
te saisir au collet ; & c'est par
sa direction & celle de ta Maîtresse même, que ton Frere a
trouvé le moment de te prendre
sans verd. Félicite-toi maintenant de la durée de ton triom-
phe. Tu sçais vaincre assez rapidement, Chevalier ; mais tu
ne sçais pas conserver tes con-
quêtes.

Je n'eus pas la force de foutenir plus long - teins un difcours , dont chaque mot m'a-
voit percé le cœur. Je me levai de table , & je n'avois pas
fait quatre pas pour fortir de la
falle , que je tombai fur le plan-
cher, fans féntiment & fans connoiffance. On me les rappella ,
par de prompts fecours. J'ouvris
les yeux pour verfer un torrent
de pleurs , & la bouche pour
proférer les plaintes les plus
triftes & les plus touchantes.
Mon Pere , qui m'a toujours aimé tendrement , s'employa avec
toute fon affection pour me
confoler. Je l'écoutois , mais
fans l'entendre. Je me jettai à fes
genoux ; je le conjurai , en joi-

gnant les mains, de me laisser
retourner à Paris, pour aller poi-
gnarder B... Non, disois-je, il
n'a pas gagné le cœur de Manon;
il lui a fait violence ; il l'a sé-
duite par un charme ou par un
poison ; il l'a peut-être forcée
brutalement. Manon m'aime.
Ne le sçais-je pas bien ? Il l'aura
menacée, le poignard à la main,
pour la contraindre de m'abandonner. Que n'aura-t-il pas fait
pour me ravir une si charmante
Maîtresse! O Dieux! Dieux! seroit-
il possible que Manon m'eût trahi & qu'elle eût cessé de m'aimer!

Comme je parlois toujours
de retourner promptement à
Paris, & que je me levois
même à tous momens pour

cela, mon Pere vit bien que dans le tranfport où j'étois, rien ne feroit capable de m'arrêter. Il me conduifit dans une chambre haute, où il laiffa deux Domeftiques avec moi, pour me garder à vûe. Je ne me poffedois point. J'aurois donné mille vies, pour être feulement un quart d'heure à Paris. Je compris que m'étant déclaré fi ouvertement, on ne me permettroit pas aifément de fortir de ma chambre. Je mefurai, des yeux, la hauteur des fenêtres. Ne voyant nulle poffibilité de m'échapper par cette voie, je m'adreffai doucement à mes deux Domeftiques. Je m'engageai, par mille fermens, à faire

un jour leur fortune , s'ils vouloient confentir à mon évafion.
Je les preffai , je les careffai , je
les menaçai ; mais cette tentative fut encore inutile. Je perdis
alors toute efpérance. Je réfolus
de mourir ; & je me jettai fur
un lit , avec le deffein de ne le
quitter qu'avec la vie. Je paffai
la nuit & le jour fuivant , dans
cette fituation. Je refufai la
nourriture qu'on m'apporta le
lendemain. Mon Pere vint me
voir l'après midi. Il eut la bonté
de flater mes peines, par les plus
douces confolations. Il m'ordonna fi abfolument de manger
quelque chofe , que je le fis par
refpect pour fes ordres. Quelques
jours fe pafferent , pendant lefquels

quels je ne pris rien qu'en sa
préfence & pour lui obéir. Il
continuoit toujours de m'apporter les raifons qui pouvoient
me ramener au bon fens, &
m'infpirer du mépris pour l'infidelle Manon. Il eft certain que
je ne l'eftimois plus : comment
aurois-je eftimé la plus volage
& la plus perfide de toutes les
créatures ? Mais fon image, les
traits charmans que je portois au
fond du cœur, y fubfiftoient
toujours. Je me fentois bien. Je
puis mourir, difois - je ; je le
devrois même, après tant de
honte & de douleur ; mais je
fouffrirois mille morts, fans pouvoir oublier l'ingrate Manon.

Mon Pere étoit furpris de me

I. Part.   G

voir toujours si fortement touché. Il me connoissoit des principes d'honneur ; & ne pouvant
douter que sa trahison ne me
la fît mépriser , il s'imagina que
ma constance venoit moins de
cette passion en particulier , que
d'un penchant général pour les
femmes. Il s'attacha tellement
à cette pensée , que ne consul-
tant que sa tendre affection , il
vint un jour m'en faire l'ouverture. Chevalier , me dit-il , j'ai
eu dessein, jusqu'à présent, de te
faire porter la Croix de Malte ;
mais je vois que tes inclinations
ne sont point tournées de ce
côté-là. Tu aimes les jolies femmes. Je suis d'avis de t'en chercher une qui te plaise. Expli-

que-moi naturellement ce que
tu penſes là - deſſus. Je lui répondis que je ne mettois plus de
diſtinction entre les femmes,
& qu'après le malheur qui venoit de m'arriver , je les déteſ-
rois toutes également. Je t'en
chercherai une , reprit mon
Pere en ſouriant, qui reſſem-
blera à Manon , & qui ſera plus
fidelle. Ah ! ſi vous avez quelque bonté pour moi , lui dis-je,
c'eſt elle qu'il faut me rendre.
Soyez ſûr, mon cher Pere, qu'elle ne m'a point trahi ; elle n'eſt
pas capable d'une ſi noire & ſi
cruelle lâcheté. C'eſt le perfide
B... qui nous trompe , vous , elle
& moi. Si vous ſçaviez combien elle eſt tendre & ſincere,

si vous la connoissiez , vous
l'aimeriez vous-même. Vous êtes
un Enfant , repartit mon Pere.
Comment pouvez - vous vous
aveugler jusqu'à ce point , après
ce que je vous ai raconté d'elle ?
C'est elle-même , qui vous a li-
vré à votre Frere. Vous devriez
oublier jusqu'à son nom , &
profiter , si vous êtes sage , de
l'indulgence que j'ai pour vous.
Je reconnoissois trop clairement
qu'il avoit raison. C'étoit un
mouvement involontaire , qui
me faisoit prendre ainsi le parti
de mon Infidelle. Hélas ! repris-je , après un moment de silence , il n'est que trop vrai que
je suis le malheureux objet de
la plus lâche de toutes les per-

fidies. Oui , continuai - je , en
verſant des larmes de dépit , je
vois bien que je ne ſuis qu'un
Enfant. Ma crédulité ne leur
coûtoit guéres à tromper. Mais
je ſçais bien ce que j'ai à faire
pour me venger. Mon Pere voulut ſçavoir quel étoit mon deſſein. J'irai à Paris , lui dis-je ,
je mettrai le feu à la maiſon de
B... & je le brûlerai tout vif
avec la perfide Manon. Cet emportement fit rire mon Pere ,
& ne ſervit qu'à me faire garder plus étroitement dans ma
priſon.

J'y paſſai ſix mois entiers ,
pendant le premier deſquels il
y eut peu de changement dans
mes diſpoſitions. Tous mes ſen-

timens n'étoient qu'une alternative perpétuelle de haine &
d'amour , d'efpérance ou de
défefpoir , felon l'idée fous laquelle Manon s'offroit à mon
efprit. Tantôt je ne confidérois
en elle que la plus aimable de
toutes les filles , & je languif-
fois du defir de la revoir : tantôt
Je n'y appercevois qu'une lâche
& perfide Maîtreffe , & je faifois mille fermens de ne la chercher que pour la punir. On me
donna des Livres , qui fervirent
à rendre un peu de tranquillité
à mon ame. Je relús tous mes
Auteurs. J'acquis de nouvelles
connoiffances. Je repris un goût
infini pour l'étude. Vous verrez
de quelle utilité il me fut

dans la fuite. Les lumieres, que
je devois à l'Amour, me firent
trouver de la clarté dans quantité d'endroits d'Horace & de
Virgile, qui m'avoient paru ob-
fcurs auparavant. Je fis un Com-
mentaire amoureux fur le qua-
triéme Livre de l'Eneïde ; je le
deftine à voir le jour, & je me
flate que le Public en fera fatisfait. Hélas ! difois-je en le
faifant, c'étoit un cœur tel que
le mien, qu'il falloit à la fidelle
Didon.

Tiberge vint me voir un jour
dans ma prifon. Je fus furpris
du tranfport avec lequel il m'em-
braffa. Je n'avois point encore
eu de preuves de fon affection,
qui pûffent me la faire re-

garder autrement que comme
une simple amitié de Collége,
telle qu'elle se forme entre de
jeunes gens qui sont à peu près
du même âge. Je le trouvai si
changé & si formé, depuis cinq
ou six mois que j'avois passés sans
le voir, que sa figure & le ton
de son discours m'inspire-
rent du respect. Il me parla en
Conseiller sage, plutôt qu'en
Ami d'école. Il plaignit l'égare-
ment où j'étois tombé. Il me
félicita de ma guérison, qu'il
croyoit avancée; enfin il m'ex-
horta à profiter de cette erreur
de jeunesse, pour ouvrir les
yeux sur la vanité des plaisirs. Je
le regardai avec étonnement. Il
s'en apperçut. Mon cher Che-

valier, me dit-il, je ne vous dis
rien qui ne foit folidement vrai,
& dont je ne me fois convaincu
par un férieux examen. J'avois
autant de penchant que vous
vers la volupté ; mais le Ciel
m'avoit donné, en même tems,
du goût pour la vertu. Je me
fuis fervi de ma raifon pour
comparer les fruits de l'une &
de l'autre, & je n'ai pas tardé
long-tems à découvrir leurs dif-
ferences. Le fecours du Ciel
s'eft joint à mes réflexions. J'ai
conçu, pour le monde, un mépris auquel il n'y a rien d'égal.
Devineriez-vous ce qui m'y
retient, ajouta-t-il, & ce qui
m'empêche de courir à la Solitude ? C'eft uniquement la ten-

dre amitié que j'ai pour vous.
Je connois l'excellence de votre
cœur & de votre esprit ; il n'y
a rien de bon dont vous ne
puissiez vous rendre capable.
Le poison du plaisir vous a fait
écarter du chemin. Quelle perte
pour la vertu ! Votre fuite d'A-
miens m'a causé tant de douleur, que je n'ai pas goûté,
depuis, un seul moment de sa-
tisfaction. Jugez-en par les démarches qu'elle m'a fait faire. Il
me raconta qu'après s'être apperçu que je l'avois trompé, &
que j'étois parti avec ma Maîtresse, il étoit monté à cheval
pour me suivre ; mais qu'ayant
sur lui quatre ou cinq heures
d'avance, il lui avoit été im-

possible de me joindre : qu'il
étoit arrivé néanmoins à Saint-
Denis, une demi-heure après
mon départ ; qu'étant bien certain que je me serois arrêté à
Paris, il y avoit passé six semai-
nes à me chercher inutilement ;
qu'il alloit dans tous les lieux
où il se flatoit de pouvoir me
trouver, & qu'un jour enfin il
avoit reconnu ma Maîtresse à
la Comedie ; qu'elle y étoit dans
une parure si éclatante, qu'il
s'étoit imaginé qu'elle devoit
cette fortune à un nouvel Amant ;
qu'il avoit suivi son carosse jusqu'à sa maison, & qu'il avoit
appris d'un Domestique, qu'elle
étoit entretenue par les libéralités de Monsieur B... Je ne

m'arrêtai point là , continua-t'il.
J'y retournai le lendemain, pour
apprendre d'elle-même ce que
vous êtiez devenu : elle me quitta brufquement, lorfqu'elle m'entendit parler de vous , & je fus
obligé de revenir en Province
fans aucun autre éclairciffement.
J'y appris votre avanture & la
confternation extrême qu'elle
vous a caufée ; mais je n'ai pas
voulu vous voir , fans être affuré de vous trouver plus tranquille.

Vous avez donc vû Manon ,
lui répondis-je en foupirant. Hélas ! vous êtes plus heureux que
moi , qui fuis condamné à ne la
revoir jamais. Il me fit des reproches de ce foupir , qui mar-

quoit encore de la foibleſſe
pour elle. Il me flatta ſi adroitement ſur la bonté de mon caractere & ſur mes inclinations,
qu'il me fit naître, dès cette
premiere viſite, une forte envie de renoncer comme lui à tous
les plaiſirs du ſiécle, pour entrer
dans l'Etat Eccléſiaſtique.

Je goûtai tellement cette
idée, que lorſque je me trouvai ſeul, je ne m'occupai plus
d'autre choſe. Je me rappellai
les diſcours de M. l'Evêque d'A-
miens, qui m'avoit donné le
même conſeil, & les préſages
heureux qu'il avoit formés en
ma faveur, s'il m'arrivoit d'embraſſer ce parti. La piété ſe mê-
la auſſi dans mes conſidérations,

Je ménerai une vie fainte & chrétienne, difois-je ; je m'occuperai de l'Etude & de la Religion, qui ne me permettront point de penfer aux dangereux plaifirs de l'Amour. Je méprife-rai ce que le commun des hommes admire ; & comme je fens affez que mon cœur ne defirera que ce qu'il eftime, j'aurai auffi peu d'inquiétudes que de defirs. Je formai là-deffus, d'avance, un fyftème de vie paifible & foli-taire. J'y faifois entrer une maifon écartée, avec un petit bois, & un ruiffeau d'eau douce au bout du jardin ; une Bibliothé-que compofée de Livres choifis, un petit nombre d'Amis ver-tueux & de bon fens, une ta-

ble propre, mais frugale & mo-
derée. J'y joignois un commerce de Lettres, avec un Ami qui
feroit son séjour à Paris, & qui
m'informeroit des nouvelles
publiques; moins pour satisfaire ma curiosité, que pour me
faire un divertissement des folles agitations des hommes. Ne
serai-je pas heureux, ajoûtois-
je ? toutes mes prétentions ne
seront - elles point remplies ? Il
est certain que ce projet flattoit
extrêmement mes inclinations.
Mais, à la fin d'un si sage arrangement, je sentois que mon
cœur attendoit encore quelque
chose; & que pour n'avoir rien
à desirer dans la plus charmante Solitude, il y falloit être
avec Manon.

Cependant , Tiberge continuant de me rendre de fréquentes visites, dans le dessein qu'il
m'avoit inspiré, je pris l'occa-
sion d'en faire l'ouverture à mon
Pere. Il me déclara que son intention étoit de laisser ses En-
fans-libres, dans le choix de leur
condition , & que de quelque
maniere que je voulusse dispo-
ser de moi, il ne se réserveroit
que le droit de m'aider de ses
conseils. Il m'en donna de fort
sages , qui tendoient moins à
me dégoûter de mon projet ,
qu'à me le faire embrasser avec
connoissance. Le renouvelle-
ment de l'année scolastique approchoit. Je convins, avec Tiberge, de nous mettre ensem-
ble

ble au Séminaire de S. Sulpice ;
lui pour achever ses études de
Théologie, & moi pour commencer les miennes. Son mérite, qui étoit connu de l'Evêque du Diocèse, lui fit obtenir
de ce Prélat un Bénéfice considérable, avant notre départ.

Mon Pere, me croyant tout-
à-fait revenu de ma passion, ne
fit aucune difficulté de me laisser partir. Nous arrivâmes à
Paris. L'habit Ecclésiastique prit
la place de la Croix de Malte,
& le nom d'Abbé des Grieux
celle de Chevalier. Je m'atta-
chai à l'étude avec tant d'application, que je fis des progrès
extraordinaires en peu de mois.
J'y employois une partie de la

I. Part.   H

nuit, & je ne perdois pas un
moment du jour. Ma réputation eut tant d'éclat, qu'on me
félicitoit déja fur les dignités
que je ne pouvois manquer
d'obtenir ; & fans l'avoir folli-
cité, mon nom fut couché fur
la feuille des Bénéfices. La piété
n'étoit pas plus négligée ; j'a-
vois de la ferveur pour tous les
exercices. Tiberge étoit charmé
de ce qu'il regardoit comme fon
ouvrage, & je l'ai vû plufieurs
fois répandre des larmes, en
s'applaudiffant de ce qu'il nommoit ma converfion. Que les réfolutions humaines foient fujet-
tes à changer, c'eft ce qui ne
m'a jamais caufé d'étonnement ;
une paffion les fait naître, une

autre paffion peut les détruire :
mais quand je penfe à la fainte-
té de celles qui m'avoient con-
duit à Saint Sulpice, & à la joye
intérieure que le Ciel m'y faifoit goûter en les exécutant, je
fuis effrayé de la facilité avec laquelle j'ai pû les rompre. S'il
eft vrai que les fecours céleftes
font à tous momens d'une force égale à celle des paffions,
qu'on m'explique donc par quel
funefte afcendant on fe trouve
emporté tout d'un coup loin de
fon devoir, fans fe trouver capable de la moindre réfiftance,
& fans reffentir le moindre remord. Je me croyois abfolument
délivré des foibleffes de l'A-
mour. Il me fembloit que j'au-

H ij

rois préféré la lecture d'une page de S. Auguftin , ou un quart
d'heure de méditation chrétienne , à tous les plaifirs des fens ;
fans excepter ceux qui m'au-
roient été offerts par Manon.
Cependant un inftant malheureux me fit retomber dans le
précipice ; & ma chûte fut d'autant plus irréparable , que me
trouvant tout d'un coup au même dégré de profondeur d'où
j'étois forti , les nouveaux defordres où je tombai , me por-
terent bien plus loin vers le fond
de l'abîme.

J'avois paffé près d'un an à
Paris, fans m'informer des affaires de Manon. Il m'en avoit
d'abord coûté beaucoup , pour

me faire cette violence ; mais les
confeils toujours préfens de Tiberge, & mes propres réflexions,
m'avoient fait obtenir la vic-
toire. Les derniers mois s'é-
toient écoulés fi tranquillement,
que je me croyois fur le point
d'oublier éternellement cette
charmante & perfide Créature.
Le tems arriva, auquel je devois
foutenir un Exercice public dans
l'Ecole de Théologie ; je fis prier
plufieurs perfonnes de confidé-
ration, de m'honorer de leur préfence. Mon nom fut ainfi répan-
du dans tous les Quartiers de
Paris : il alla jufqu'aux oreilles
de mon Infidelle. Elle ne le reconnut pas avec certitude, fous
le nom d'Abbé ; mais un refte

de curiofité, ou peut-être quelque repentir de m'avoir trahi,
(je n'ai jamais pû démêler lequel de ces deux fentimens)
lui fit prendre intérêt à un nom
fi femblable au mien ; elle vint
en Sorbonne , avec quelques autres Dames. Elle fut préfente
à mon Exercice ; & fans doute
qu'elle eut peu de peine à me
remettre.

Je n'eus pas la moindre connoiffance de cette vifite. On
fçait qu'il y a, dans ces lieux ,
des cabinets particuliers pour
les Dames , où elles font ca-
chées derriere une jaloufie. Je
retournai à Saint Sulpice , couvert de gloire & chargé de com-
plimens. Il étoit fix heures du

foir. On vint m'avertir, un moment après mon retour, qu'une Dame demandoit à me voir. J'allai au Parloir fur le champ. Dieux ! quelle apparition furprenante ! j'y trouvai Manon. C'étoit elle ; mais plus aimable & plus brillante que je ne l'avois jamais vûe. Elle étoit dans fa dix-huitiéme année. Ses charmes furpaffoient tout ce qu'on peut décrire. C'étoit un air fi fin , fi doux , fi engageant ! l'air de l'Amour même. Toute fa figure me parut un enchantement.

Je demeurai interdit à fa vûe ; & ne pouvant conjecturer quel étoit le deffein de cette vifite , j'attendois , les yeux baiffés &

avec tremblement, qu'elle s'ex-
pliquât. Son embarras fut pendant quelque tems égal au mien;
mais voyant que mon silence
continuoit, elle mit la main devant ses yeux, pour cacher quelques larmes. Elle me dit, d'un
ton timide, qu'elle confessoit
que son infidélité méritoit ma
haine; mais que s'il étoit vrai
que j'eusse jamais eu quelque
tendresse pour elle, il y avoit
eu, aussi, bien de la dureté à
laisser passer deux ans, sans
prendre soin de m'informer de
son sort, & qu'il y en avoit
beaucoup encore à la voir dans
l'état où elle étoit en ma présence, sans lui dire une parole. Le désordre de mon ame,

en

H. Gravelot inv.

J. P. Le Bas sc.

en l'écoutant, ne sçauroit être exprimé.

Elle s'assit. Je demeurai debout, le corps à demi tourné, n'osant l'envisager directement. Je commençai plusieurs fois une réponse, que je n'eus pas la force d'achever. Enfin, je fis un effort pour m'écrier douloureusement; perfide Manon! Ah! perfide! perfide! Elle me répeta, en pleurant à chaudes larmes, qu'elle ne prétendoit point justifier sa perfidie. Que prétendez-vous donc? m'écriai-je encore. Je prétens mourir, répondit-elle, si vous ne me rendez votre cœur, sans lequel il est impossible que je vive. Demande donc ma vie, Infidelle! repris-je

I. Part.　　　　　I

en verſant moi-même des pleurs,
que je m'efforçai en vain de
retenir ; demande ma vie, qui
eſt l'unique choſe qui me reſte
à te ſacrifier ; car mon cœur
n'a jamais ceſſé d'être à toi. A
peine eus-je achevé ces derniers
mots, qu'elle ſe leva, avec tranſport, pour venir m'embraſſer,
Elle m'accabla de mille careſſes
paſſionnées. Elle m'appella par
tous les noms que l'Amour in-
vente, pour exprimer ſes plus
vives tendreſſes. Je n'y répon-
dois encore qu'avec langueur.
Quel paſſage, en effet, de la ſituation tranquille où j'avois été,
aux mouvemens tumultueux que
je ſentois renaître ! J'en étois
épouvanté. Je frémiſſois, com-

me il arrive lorfqu'on fe rrouve
la nuit dans une campagne écartée : on fe croit tranfporté dans
un nouvel ordre de chofes ; on
y eft faifi d'une horreur fecrette,
dont on ne fe remet qu'après
avoir confideré long-tems tous
les environs.

Nous nous affîmes, l'un près
de l'autre. Je pris fes mains dans
les miennes. Ah! Manon, lui
dis-je en la regardant d'un œil
trifte, je ne m'étois pas attendu
à la noire trahifon dont vous
avez payé mon amour. Il vous
étoit bien facile de tromper un
cœur dont vous étiez la Souveraine abfolue, & qui mettoit
toute fa félicité à vous plaire
& à vous obéir. Dites - moi

I ij

maintenant si vous en avez trouvé d'aussi tendres & d'aussi sou-
mis. Non, non, la Nature n'en
fait guéres de la même trempe
que le mien. Dites - moi du
moins, si vous l'avez quelquefois regretté. Quel fond dois-je
faire sur ce retour de bonté,
qui vous raméne aujourd'hui
pour le consoler? Je ne vois
que trop que vous êtes plus charmante que jamais; mais, au
nom de toutes les peines que
j'ai souffertes pour vous! belle
Manon, dites - moi si vous se-
tez plus fidelle.

Elle me répondit des choses
si touchantes sur son repentir,
& elle s'engagea à la fidélité
par tant de protestations & de

fermens , qu'elle m'attendrit à un degré inexprimable. Chere Manon ! lui dis-je , avec un mê- lange prophane d'expreſſions amoureuſes & théologiques , tu es trop adorable pour une Créature. Je me ſens le cœur em- porté par une délectation vic- torieuſe. Tout ce qu'on dit de la liberté , à S. Sulpice , eſt une chimère. Je vais perdre ma fortune & ma réputation pour toi ; je le prévois bien , je lis ma deſtinée dans tes beaux yeux ; mais de quelles pertes ne ſerai- je pas conſolé par ton amour ! Les faveurs de la Fortune ne me touchent point ; la gloire me paroît une fumée ; tous mes projets de vie Eccléſiaſtique

étoient de folles imaginations ;
enfin tous les biens différens de
ceux que j'efpere avec toi , font
des biens méprifables , puifqu'ils ne fçauroient tenir un
moment , dans mon cœur, contre un feul de tes regards.

En lui promettant néanmoins
un oubli général de fes fautes,
je voulus être informé de quelle
maniere elle s'étoit laiffée fé-
duire par B... Elle m'apprit
que l'ayant vûe à fa fenêtre , il
étoit devenu paffionné pour elle;
qu'il avoit fait fa déclaration
en Fermier Général, c'eft-à-dire,
en lui marquant dans une Lettre
que le payement feroit propor-
tionné aux faveurs ; qu'elle avoit
capitulé d'abord , mais fans au-

tre deffein que de tirer de lui
quelque fomme confidérable ,
qui pût fervir à nous faire vivre commodément ; qu'il l'a-
voit éblouie par de fi magnifi-
ques promeffes, qu'elle s'étoit
laiffée ébranler par dégrés : que
je devois juger pourtant de fes
remords , par la douleur dont
elle m'avoit laiffé voir des témoignages, la veille de notre
féparation ; que malgré l'opulence dans laquelle il l'avoit
entretenue , elle n'avoit jamais
goûté de bonheur avec lui, non-
feulement parce qu'elle n'y
trouvoit point , me dit-elle , la
délicateffe de mes fentimens &
l'agrément de mes manieres ,
mais parce qu'au milieu même

I iiij

des plaifirs qu'il lui procuroit
fans ceffe, elle portoit au fond
du cœur le fouvenir de mon
amour , & le remord de fon
infidélité. Elle me parla de Tiberge, & de la confufion extrême que fa vifite lui avoit
caufée. Un coup d'épée dans le
cœur , ajouta-t'elle, m'auroit
moins ému le fang. Je lui tournai le dos, fans pouvoir foutenir un moment fa préfence.
Elle continua de me raconter ,
par quels moyens elle avoit été
inftruite de mon féjour à Paris , du changement de ma condition , & de mes Exercices de
Sorbonne. Elle m'affura qu'elle
avoit été fi agitée, pendant la
Difpute , qu'elle avoit eu beau-

coup de peine , non-feulement
à retenir fes larmes , mais fes
gémiffemens mêmes & fes cris ,
qui avoient été plus d'une fois
fur le point d'éclater. Enfin ,
elle me dit qu'elle étoit fortie
de ce lieu la derniere , pour cacher fon défordre , & que ne
fuivant que le mouvement de
fon cœur & l'impétuofité de fes
defirs , elle étoit venue droit
au Séminaire , avec la réfolution d'y mourir , fi elle ne me
trouvoit pas difpofé à lui par-
donner.

Où trouver un Batbare, qu'un
repentir fi vif & fi tendte n'eut
pas touché ! pour moi, je fentis,
dans ce moment , que j'aurois
facrifié pour Manon tous les

Evêchés du Monde Chrétien.
Je lui demandai quel nouvel
ordre elle jugeoit à propos de
mettre dans nos affaires. Elle
me dit qu'il falloit sur le champ
sortir du Séminaire, & remettre à nous arranger dans un lieu
plus sûr. Je consentis à toutes
ses volontés sans réplique. Elle
entra dans son carosse, pour
aller m'attendre au coin de la
rue. Je m'échappai un moment
après, sans être apperçu du
Portier. Je montai avec elle.
Nous passâmes à la Friperie. Je
repris les galons & l'épée. Manon fournit aux frais, car j'é-
tois sans un sou ; & dans la
crainte que je ne trouvasse de
l'obstacle à ma sortie de S. Sul-

pice, elle n'avoit pas voulu que
je retournaſſe un moment à ma
chambre, pour y prendre mon
argent. Mon tréſor d'ailleurs
étoit médiocre, & elle aſſez
riche des libéralités de B.....
pour mépriſer ce qu'elle me
faiſoit abandonner. Nous con-
ferâmes chez le Fripier même,
ſur le parti que nous allions
prendre. Pour me faire valoir
davantage le ſacrifice qu'elle me
faiſoit de B.... elle réſolut de
ne pas garder avec lui le moindre ménagement. Je veux lui
laiſſer ſes meubles, me dit-elle,
ils ſont à lui ; mais j'emporterai,
comme de juſtice, les bijoux,
& près de ſoixante mille francs
que j'ai tirés de lui depuis deux

ans. Je ne lui ai donné nul pouvoir sur moi, ajouta-t'elle; ainsi
nous pouvons demeurer sans
crainte à Paris, en prenant une
Maison commode, où nous vi-
vrons heureusement. Je lui repréfentai que s'il n'y avoit point
de péril pour elle, il y en avoit
beaucoup pour moi, qui ne
manquerois point tôt ou tard
d'être reconnu, & qui ferois
continuellement expofé au malheur que j'avois déja effuyé. Elle
me fit entendre qu'elle auroit
du regret à quitter Paris. Je
craignois tant de la chagriner,
qu'il n'y avoit point de hazards
que je ne méprifaffe pour lui
plaire : cependant nous trouvâmes un tempéramment raifon-

nable, qui fut de louer une Maiſon dans quelque Village voiſin de Paris, d'où il nous feroit aiſé d'aller à la Ville, lorſque le plaiſir ou le beſoin nous y appelleroit. Nous choiſîmes Chaillot, qui n'en eſt pas éloigné. Manon retourna ſur le champ chez elle. J'allai l'attendre à la petite porte du Jardin des Thuilleries. Elle revint une heure après, dans un caroſſe de louage, avec une fille qui la ſervoit, & quelques malles, où ſes habits & tout ce qu'elle avoit de précieux étoit renfermé.

Nous ne tardâmes point à gagner Chaillot. Nous logeâmes la premiere nuit à l'Auberge, pour nous donner le tems de chercher une Maiſon, ou du moins un appartement commode. Nous en trouvâmes, dès le lendemain, un de notre goût.

Mon bonheur me parut d'a-bord établi d'une maniere iné-branlable. Manon étoit la dou-ceur & la complaiſance même. Elle avoit pour moi des atten-tions ſi délicates, que je me crus trop parfaitement dédommagé de toutes mes peines. Comme nous avions acquis tous deux un peu d'expérience, nous rai-ſonnâmes ſur la ſolidité de notre fortune. Soixante mille francs, qui faiſoient le fond de nos richeſſes, n'étoient pas une ſom-me qui pût s'étendre autant que

le cours d'une longue vie. Nous
n'étions pas disposés d'ailleurs à
resserrer trop notre dépense. La
premiere vertu de Manon, non
plus que la mienne, n'étoit pas
l'économie. Voici le plan que
je me proposai. Soixante mille
francs, lui dis-je, peuvent nous
soutenir pendant dix ans. Deux
mille écus nous suffirónt chaque
année, si nous continuons de
vivre à Chaillot. Nous y me-
nerons une vie honnête, mais
simple. Nôtre unique dépense
sera pour l'entretien d'un carosse, & pour les Spectacles.
Nous nous reglerons. Vous aimez l'Opera ; nous irons deux
fois la semaine. Pour le jeu,
nous nous bornerons tellement,

que nos pertes ne passeront jamais deux pistoles. Il est impossible que dans l'espace de dix ans, il n'arrive point de changement dans ma Famille ; mon Pere est âgé, il peut mourir. Je me trouverai du bien, & nous serons alors au-dessus de toutes nos autres craintes.

Cet arrangement n'eût pas été la plus folle action de ma vie, si nous eussions été assez sages pour nous y assujettir constamment. Mais nos résolutions ne durerent guéres plus d'un mois. Manon étoit passionnée pour le plaisir. Je l'étois pour elle. Il nous naissoit, à tous momens, de nouvelles occasions de dépense ; & loin de regretter les sommes qu'elle qu'elle employoit quelquefois avec profufion, je fus le premier à lui procurer tout ce que je croyois propre à lui plaire. Notre demeure de Chaillot commença même à lui devenir à charge. L'hyver approchoit ; tout le monde retournoit à la Ville, & la Campagne devenoit déferte. Elle me propofa de reprendre une Maifon à Paris. Je n'y confentis point ; mais pour la fatisfaire en quelque chofe, je lui dis que nous pouvions y louer un appartement meublé, & que nous y pafferions la nuit, lorfqu'il nous arriveroit de quitter trop tard l'Affemblée où nous allions plufieurs fois la femaine : car l'incommodité

I. Part.   K

de revenir fi tard à Chaillot
étoit le prétexte qu'elle apportoit pour le vouloir quitter.
Nous nous donnâmes ainſi deux
logemens, l'un à la Ville, &
l'autre à la Campagne. Ce changement mit bien-tôt le dernier
déſordre dans nos affaires, en
faiſant naître deux avantures qui
cauſerent notre ruine.

Manon avoit un Frere, qui
étoit Garde du Corps. Il ſe
trouva malheureuſement logé,
à Paris, dans la même rue que
nous. Il reconnut ſa Sœur, en
la voyant le matin à ſa fenêtre.
Il accourut auſſi-tôt chez nous.
C'étoit un homme brutal, &
ſans principes d'honneur. Il entra dans notre chambre, en ju-

rant horriblement ; & comme il
ſçavoit une partie des avantures de ſa Sœur , il l'accabla d'in-
jures & de reproches. J'étois
ſorti un moment auparavant ;
ce qui fut ſans douce un bonheur pour lui ou pour moi, qui
n'étois rien moins que diſpoſé
à ſouffrir une inſulte. Je ne retournai au logis qu'après ſon
départ. La triſteſſe de Manon
me fit juger qu'il s'étoit paſſé
quelque choſe d'extraordinaire.
Elle me raconta la ſcène fâ-
cheuſe qu'elle venoit d'eſſuyer ,
& les menaces brutales de ſon
Frere. J'en eus tant de reſſenti-
ment, que j'euſſe couru ſur le
champ à la vengeance, ſi elle
ne m'eût arrêté par ſes larmes.

Pendant que je m'entretenois avec elle de cette avanture, le Garde du Corps rentra dans la chambre où nous étions, sans s'être fait annoncer. Je ne l'aurois pas reçu aussi civilement que je fis, si je l'eusse connu; mais nous ayant salués d'un air riant, il eut le tems de dire à Manon qu'il venoit lui faire des excuses de son emportement; qu'il l'avoit crue dans le désordre, & que cette opinion avoit allumé sa colere; mais que s'étant informé qui j'étois, d'un de nos Domestiques, il avoit appris de moi des choses si avantageuses, qu'elles lui faisoient desirer de bien vivre avec nous. Quoique cette informa-

tion, qui lui venoit d'un de mes
Laquais, eût quelque chofe de
bizarre & de choquant, je reçus fon compliment avec honnêteté. Je crus faire plaifir à
Manon. Elle paroiffoit charmée
de le voir porté à fe réconci-
lier. Nous le retînmes à dîner.
Il fe rendit en peu de momens
fi familier, que nous ayant en-
tendus parler de notre retour à
Chaillot, il voulut abfolument
nous tenir compagnie. Il fallut
lui donner une place dans notre
caroffe. Ce fut une prife de pof-
feffion ; car il s'accoutuma bien-
tôt à nous voir avec tant de
plaifir, qu'il fit fa maifon de la
nôtre, & qu'il fe rendit le maître, en quelque forte, de tout

ce qui nous appartenoit. Il m'appelloit son Frere ; & sous prétexte de la liberté fraternelle , il se mit sur le pied d'amener tous ses amis dans notre Maison de Chaillot , & de les y traiter à nos dépens. Il se fit habiller magnifiquement à nos frais. Il nous engagea même à payer toutes ses dettes. Je fermois les yeux sur cette tyrannie , pour ne pas déplaire à Manon ; jusqu'à feindre de ne pas m'appercevoir qu'il tiroit d'elle , de tems en tems , des sommes considérables. Il est vrai qu'étant grand Joueur , il avoit la fidélité de lui en remettre une partie , lorsque la Fortune le favorisoit ; mais la nôtre étoit trop médiocre, pour fournir long-tems à des dépenses fi peu modérées. J'étois fur le point de m'expliquer fortement avec lui, pour nous délivrer de fes importunités ; lorfqu'un funefte accident m'épargna cette peine, en nous en caufant une autre qui nous abîma fans reffource.

Nous étions demeurés un jour à Paris, pour y coucher, comme il nous arrivoit fort fouvent. La Servante, qui reftoit feule à Chaillot dans ces occafions, vint m'avertir le matin que le feu avoit pris pendant la nuit dans ma Maifon, & qu'on avoit eu beaucoup de difficulté à l'éteindre. Je lui demandai fi nos meubles avoient fouffert quel-

que dommage : elle me répondit qu'il y avoit eu une si grande confusion, caufée par la mul-
titude d'Etrangers qui étoient
venus au fecours, qu'elle ne
pouvoit être affurée de rien. Je
tremblai pour notre argent, qui
étoit renfermé dans une petite
caiffe. Je me rendis promptement à Chaillot. Diligence inutile; la caiffe avoit déja difpa-
ru. J'éprouvai alors qu'on peut
aimer l'argent fans être avare.
Cette perte me pénétra d'une fi
vive douleur, que j'en penfai
perdre la raifon. Je compris
tout d'un coup à quels nouveaux malheurs j'allois me trouver expofé. L'indigence étoit le
moindre. Je connoiffois Manon;

ton ; je n'avois déja que trop
éprouvé que quelque fidelle &
quelque attachée qu'elle me fût
dans la bonne fortune, il ne
falloit pas compter sur elle dans
la misere. Elle aimoit trop l'a-
bondance & les plaisirs pour me
les sacrifier : je la perdrai, m'é-
criai-je. Malheureux Chevalier !
tu vas donc perdre encore tout
ce que tu aimes ! Cette pensée
me jetta dans un trouble si affreux, que je balançai, pendant quelques momens, si je
ne ferois pas mieux de finir tous
mes maux par la mort. Cependant je conservai assez de présence d'esprit, pour vouloir examiner auparavant s'il ne me restoit
nulle ressource. Le Ciel me fit

I. Part.   L

naître une idée , qui arrête
mon défefpoir. Je crus qu'il ne
me feroit pas impoffible de cacher notre perte à Manon , &
que par induftrie , ou par quelque faveur du hazard , je
pourrois fournir affez honnêtement à fon entretien , pour
l'empêcher de fentir la néceffité. J'ai compté , difois-je pour
me confoler , que vingt mille
écus nous fuffiroient pendant dix
ans : fuppofons que les dix ans
foient écoulés , & que nul des
changemens , que j'efperois , ne
foit arrivé dans ma Famille.
Quel parti prendrois - je ? Je
ne le fçais pas trop bien ; mais
ce que je ferois alors , qui
m'empêche de le faire aujour-

d'hui ? Combien de perſonues
vivent à Paris, qui n'ont ni
mon eſprit, ni mes qualités
naturelles , & qui doivent néanmoins leur entretien à leurs talens, tels qu'ils les ont ? La
Providence , ajoûtois - je en ré-
flechiſſant ſur les différens Etats
de la vie, n'a-t'elle pas arrangé
les choſes fort ſagement ? La
plûpart des Grands & des Riches ſont des Sots ? cela eſt clair
à qui connoît un peu le monde.
Or il y a là-dedans une juſtice
admirable. S'ils joignoient l'eſprit aux richeſſes, ils ſeroient
trop heureux, & le reſte des
hommes trop miſérable. Les
qualités du corps & de l'ame
ſont accordées à ceux-ci, com-

me des moyens pour fe tirer de la mifere & de la pauvreté. Les uns prennent part aux richeffes des Grands, en fervant à leurs plaifirs ; ils en font des dupes : d'autres fervent à leur inftruction , ils tâchent d'en faire d'honnêtes gens : il eft rare, à la vérité, qu'ils y réuffif-fent ; mais ce n'eft pas là le but de la divine Sageffe : ils tirent toujours un fruit de leurs foins, qui eft de vivre aux dépens de ceux qu'ils inftruifent ; & de quelque façon qu'on le prenne , c'eft un fond excellent de revenu pour les Petits, que la fottife des Riches & des Grands.

Ces penfées me remirent un peu le cœur & la tête. Je réfo-

lus d'abord d'aller confulter M.
Lefcaut , Frere de Manon. Il
connoiſſoit parfaitement Paris ;
& je n'avois eu que trop d'occafions de reconnoître , que ce
n'étoit ni de ſon bien, ni de la
paye du Roy, qu'il tiroit ſon
plus clair revenu. Il me reſtoit
à peine vingt piſtoles , qui s'é-
toient trouvées heureuſement
dans ma poche. Je lui montrai
ma bourſe , en lui expliquant
mon malheur & mes craintes ;
& je lui demandai s'il y avoit
pour moi un parti à choiſir ,
entre celui de mourir de faim ,
ou de me caſſer la tête de déſeſ-
poir. Il me répondit que ſe caſſer la tête étoit la reſſource des
Sots : pour mourir de faim ,

qu'il y avoit quantité de gens
d'efprit qui s'y voyoient réduits,
quand ils ne vouloient pas faire
ufage de leurs talens ; que c'é-
toit à moi d'examiner de quoi
j'étois capable ; qu'il m'affuroit
de fon fecours & de fes confeils,
dans toutes mes entreprifes.

Cela eft bien vague, M. Lefcaut, lui dis-je : mes befoins
demanderoient un remede plus
préfent ; car que voulez - vous
que je dife à Manon ? A propos
de Manon, reprit-il ; qu'eft-ce
qui vous embarraffe ? N'avez-
vous pas toujours , avec elle , de
quoi finir vos inquiétudes quand
vous le voudrez ? Une Fille,
comme elle , devroit nous entretenir , vous , elle & moi. Il

me coupa la réponse que cette
impertinence méritoit, pour
continuer de me dire qu'il me
garantissoit avant le soir mille
écus à partager entre nous, si je
voulois suivre son conseil; qu'il
connoissoit un Seigneur, si libéral sur le chapitre des Plaisirs,
qu'il étoit sûr que mille écus
ne lui coûteroient rien, pour
obtenir les faveurs d'une Fille
telle que Manon. Je l'arrêtai.
J'avois meilleure opinion de
vous, lui répondis-je; je m'é-
tois figuré que le motif que
vous aviez eu pour m'accorder
votre amitié, étoit un sentiment
tout opposé à celui où vous êtes
maintenant. Il me confessa im-
pudemment qu'il avoit toujours

L iiij

pensé de même, & que sa Sœur
ayant une fois violé les loix de
son sexe, quoiqu'en faveur de
l'homme qu'il aimoit le plus, il
ne s'étoit reconcilié avec elle, que
dans l'espérance de tirer parti de
sa mauvaise conduite. Il me fut
aisé de juger que jusqu'alors, nous
avions été ses dupes. Quelque
émotion néanmoins que ce discours m'eût causé, le besoin
que j'avois de lui m'obligea de
répondre en riant, que son
conseil étoit une derniere ressource, qu'il falloit remettre à
l'extrêmité. Je le priai de m'ouvrir quelque autre voye. Il me
proposa de profiter de ma jeunesse, & de la figure avanta-
geuse que j'avois reçue de la

Nature, pour me mettre en liai-
son avec quelque Dame vieille
& libérale. Je ne goûtai pas
non plus ce parti, qui m'auroit
rendu infidéle à Manon. Je lui
parlai du Jeu, comme du moyen
le plus facile, & le plus conve-
nable à ma situation. Il me dit
que le Jeu, à la vérité, étoit une
reſſource; mais que cela demandoit d'être expliqué : qu'entreprendre de jouer ſimplement,
avec les eſpérances communes,
c'étoit le vrai moyen d'achever
ma perte : que de prétendre
exercer ſeul, & ſans être ſoute-
nu, les petits moyens qu'un ha-
bile homme employe pour cor-
riger la Fortune, étoit un mé-
tier trop dangereux : qu'il y

avoit une troisiéme voie, qui
étoit celle de l'Affociation; mais
que ma jeuneffe lui faifoit craindre, que Meffieurs les Conféde-
rés ne me jugeaffent point encore les qualités propres à la
Ligue. Il me promit néanmoins
fes bons offices auprès d'eux;
& ce que je n'aurois pas attendu de lui, il m'offrit quelque
argent, lorfque je me trouverois preffé du befoin. L'unique
grace que je lui demandai, dans
les circonftances, fut de ne rien
apprendre à Manon de la perte
que j'avois faite, & du fujet de
notre converfation.

Je fortis de chez lui, moins
fatisfait encore que je n'y étois
entré. Je me repentis même de

lui avoir confié mon fecret. Il
n'avoit rien fait, pour moi, que
je n'euffe pû obtenir de même,
fans cette ouverture ; & je craignois mortellement qu'il ne
manquât à la promeffe qu'il m'a-
voit faite, de ne rien découvrir
à Manon. J'avois lieu d'appré-
hender auffi, par la déclaration
de fes fentimens, qu'il ne for-
mât le deffein de tirer parti
d'elle, fuivant fes propres termes, en l'enlevant de mes
mains ; ou du moins, en lui
confeillant de me quitter, pour
s'attacher à quelque Amant plus
riche & plus heureux. Je fis là-
deffus mille réflexions, qui n'a-
boutirent qu'à me tourmenter
& à renouveller le défefpoir où

j'avois été le matin. Il me vint
plusieurs fois à l'esprit d'écrire
à mon Pere, & de feindre une
nouvelle conversion, pour obtenir de lui quelque secours
d'argent : mais je me rappellai
aussi-tôt que malgré toute sa
bonté, il m'avoit resserré six
mois dans une étroite prison,
pour ma premiere faute ; j'é-
tois bien sûr qu'après un éclat,
tel que l'avoit dû causer ma
fuite de S. Sulpice, il me trai-
teroit beaucoup plus rigoureusement. Enfin, cette confusion de
pensées en produisit une, qui
remit le calme tout d'un coup
dans mon esprit, & que je
m'étonnai de n'avoir pas eue
plutôt. Ce fut de recourir à mon

ami Tiberge, dans lequel j'é-
tois bien certain de retrouver
toujours le même fond de zéle
& d'amitié. Rien n'eſt plus admirable , & ne faiſ plus d'honneur à la vertu , que la confiance avec laquelle on s'adreſſe aux
perſonnes dont on connoît parfaitement la probité. On ſent
qu'il n'y a point de riſque à
courir. Si elles ne ſont pas toujours en état d'offrir du ſecours ,
on eſt ſûr qu'on en obtiendra
du moins de la bonté & de la
compaſſion. Le cœur , qui ſe
ferme avec tant de ſoin au reſte
des hommes , s'ouvre naturellement en leur préſence , comme une fleur s'épanouit à la
lumiere du Soleil, dont elle n'at

zend qu'une douce influence.

Je regardai comme un effet
de la protection du Ciel, de
m'être souvenu si à propos de
Tiberge, & je réfolus de chercher les moyens de le voir,
avant la fin du jour. Je retournai fur le champ au logis, pour
lui écrire un mot, & lui marquer un lieu propre à notre entretien. Je lui recommandois le
filence & la difcretion, comme
un des plus importans fervices
qu'il pût me rendre, dans la
fituation de mes affaires. La
joye, que l'efpérance de le voir
m'infpiroit, effaça les traces du
chagrin, que Manon n'auroit pas
manqué d'appercevoir fur mon
vifage. Je lui parlai de notre

malheur de Chaillot, comme
d'une bagatelle, qui ne devoit
point l'allarmer ; & Paris étant
le lieu du monde où elle se
voyoit avec le plus de plaisir,
elle ne fut pas fâchée de m'entendre dire qu'il étoit à propos
d'y demeurer, jusqu'à ce qu'on
eût réparé, à Chaillot, quelques legers effets de l'incendie.
Une heure après, je reçus la
réponse de Tiberge, qui me
promettoit de se rendre au lieu
de l'assignation. J'y courus avec
impatience. Je sentois néanmoins quelque honte, d'aller paroître aux yeux d'un Ami, dont
la seule présence devoit être un
reproche de mes désordres ;
mais l'opinion que j'avois de la

bonté de fon cœur, & l'intérêt de Manon, foutinrent ma hardieffe.

Je l'avois prié de fe trouver au Jardin du Palais Royal. Il y étoit avant moi. Il vint m'embraffer, auffi-tôt qu'il m'eût apperçu. Il me tint ferré long-tems entre fes bras, & je fentis mon vifage mouillé de fes larmes. Je lui dis que je ne me préfentois à lui qu'avec confufion, & que je portois dans le cœur un vif fentiment de mon ingratitude; que la premiere chofe dont je le conjurois, étoit de m'apprendre s'il m'étoit encore permis de le regarder comme mon Ami, après avoir mérité fi juftement de perdre

fon

son estime & son affection. Il
me répondit, du ton le plus tendre, que rien n'étoit capable de
le faire renoncer à cette qualité ;
que mes malheurs mêmes, & si
je lui permettois de le dire, mes
fautes & mes désordres, avoient
redoublé sa tendresse pour moi ;
mais que c'étoit une tendresse
mêlée de la plus vive douleur,
telle qu'on la sent pour une
personne chere, qu'on voit toucher à sa perte sans pouvoir la
secourir.

Nous nous assîmes sur un
banc. Hélas ! lui dis-je, avec
un soupir parti du fond du cœur,
votre compassion doit être excessive, mon cher Tiberge, si
vous m'assurez qu'elle est égale

I. Part.   M

à mes peines. J'ai honte de vous les laiffer voir ; car je confeffe que la caufe n'en eft pas glorieufe : mais l'effet en eft fi trifte, qu'il n'eft pas befoin de m'aimer autant que vous faites, pour en être attendri. Il me demanda, comme une marque d'amitié, de lui raconter fans déguifement ce qui m'étoit arrivé depuis mon départ de Saint Sulpice. Je le fatisfis ; & loin d'alterer quelque chofe à la vérité, ou de diminuer mes fautes pour les faire trouver plus excufables, je lui parlai de ma paffion avec toute la force qu'elle m'infpiroit. Je la lui repréfentai comme un de ces coups particuliers du Deftin, qui s'attache

à la ruine d'un Miserable, & dont
il est aussi impossible à la Vertu
de se défendre, qu'il l'a été à la
Sagesse de les prévoir. Je lui fis
une vive peinture de mes agitations, de mes craintes, du désef-
poir où j'étois deux heures avant
que de le voir, & de celui dans lequel j'allois retomber, si j'étois
abandonné par mes Amis aussi
impitoyablement que par la Fortune ; enfin j'attendris tellement
le bon Tiberge, que je le vis aussi
affligé par la compassion, que
je l'étois par le sentiment de
mes peines. Il ne se lassoit point
de m'embrasser, & de m'ex-
horter à prendre du courage &
de la consolation ; mais comme
il supposoit toujours qu'il fal-

loit me féparer de Manon, je
lui fis entendre nettement que
c'étoit cette féparation même,
que je regardois comme la plus
grande de mes infortunes; &
que j'étois difpofé à fouffrir,
non-feulement le dernier excès
de la mifere, mais la mort
la plus cruelle, avant que de
recevoir un remede plus infupportable que tous mes maux
enfemble.

Expliquez - vous donc, me
dit-il : quelle efpece de fecours
fuis-je capable de vous donner,
fi vous vous révoltez contre toutes mes propofitions? Je n'ofois
lui déclarer que c'étoit de fa
bourfe que j'avois befoin. Il le
comprit pourtant à la fin; &

m'ayant confeſſé qu'il croioit
m'entendre, il demeura quelque tems ſuſpendu, avec l'air
d'une perſonne qui balance. Ne
croyez pas, reprit-il bien-tôt,
que ma rêverie vienne d'un
refroidiſſement de zéle & d'a-
mitié. Mais à quelle alternative
me réduiſez - vous, s'il faut
que je vous refuſe le ſeul ſecours que vous voulez accepter,
ou que je bleſſe mon devoir en
vous l'accordant ? car n'eſt-ce pas
prendre part à votre déſordre,
que de vous y faire perſéverer ?
Cependant, continua-t-il après
avoir réflechi un moment, je
m'imagine que c'eſt peut-être
l'état violent où l'indigence vous
jette, qui ne vous laiſſe pas

assez de liberté pour choisir le
meilleur parti; il faut un esprit
tranquille, pour goûter la sagesse & la vérité. Je trouverai
le moyen de vous faire avoir
quelque argent. Permettez-moi,
mon cher Chevalier, ajoûta-t-il
en m'embrassant, d'y mettre seulement une condition; c'est que
vous m'apprendrez le lieu de
votre demeure, & que vous
souffrirez que je fasse du moins
mes efforts pour vous ramener
à la vertu, que je sçais que vous
aimez, & dont il n'y a que la
violence de vos passions qui vous
écarte. Je lui accordai sincere-
ment tout ce qu'il souhaitoit,
& je le priai de plaindre la malignité de mon sort, qui me fai-

soit profiter si mal des conseils
d'un Ami si vertueux. Il me mé-
na aussi-tôt chez un Banquier
de sa connoissance , qui m'a-
vança cent pistoles sur son bil-
let ; car il n'étoit rien moins
qu'en argent comptant. J'ai déja
dit qu'il n'étoit pas riche. Son
Bénéfice valoit mille écus ; mais
comme c'étoit la premiere année qu'il le possedoit , il n'a-
voit encore rien touché du revenu : c'étoit sur les fruits futurs
qu'il me faisoit cette avance.

Je sentis tout le prix de sa
générosité. J'en fus touché, jusqu'au point de déplorer l'aveu-
glement d'un amour fatal , qui
me faisoit violer tous les devoirs. La Vertu eut assez de for-

ce , pendant quelques momens,
pour s'élever dans mon cœur
contre ma paſſion , & j'apperçus
du moins, dans cet inſtant de lumiere, la honte & l'indignité de
mes chaînes. Mais ce combat
fut leger & dura peu. La vûe
de Manon m'auroit fait préci-
piter du Ciel ; & je m'étonnai,
en me retrouvant près d'elle, que
j'euſſe pû traiter un moment de
honteuſe , une tendreſſe ſi juſte
pour un objet ſi charmant.

Manon étoit une Créature
d'un caractere extraordinaire.
Jamais fille n'eut moins d'attachement qu'elle pour l'argent ;
mais elle ne pouvoit être tranquille un moment, avec la crainte d'en manquer. C'étoit du
plaiſir

plaisir & des passe-tems qu'il lui
falloit. Elle n'eut jamais voulu
toucher un sou, si l'on pouvoit
se divertir sans qu'il en coûte.
Elle ne s'informoit pas même
quel étoit le fond de nos richesses, pourvû qu'elle pût
passer agréablement la journée;
de sorte que n'étant, ni excef-
sivement livrée au jeu, ni capable d'être éblouie par le faste
des grandes dépenses, rien n'é-
toit plus facile que de la satisfaire, en lui faisant naître tous
les jours des amusemens de son
goût. Mais c'étoit une chose si
nécessaire pour elle, d'être ainsi
occupée par le plaisir, qu'il n'y
avoit pas le moindre fond à faire,
sans cela, sur son humeur & sur

I. Part.   N

ſes inclinations. Quoiqu'elle
m'aimât tendrement, & que je
fuſſe le ſeul, comme elle en
convenoit volontiers, qui pût
lui faire goûter parfaitement les
douceurs de l'Amour, j'étois
preſque certain que ſa tendreſſe
ne tiendroit point contre de
certaines craintes. Elle m'auroit préféré à toute la terre,
avec une fortune médiocre;
mais je ne doutois nullement
qu'elle ne m'abandonnât pour
quelque nouveau B... lorſqu'il
ne me reſteroit que de la conſ-
tance & de la fidélité à lui offrir. Je réſolus donc de régler ſi
bien ma dépenſe particuliere,
que je fuſſe toujours en état de
fournir aux ſiennes, & de me

priver plutôt de mille chofes
néceffaires que de la borner
même pour le fuperflu. Le caroffe m'effrayoit plus que tout
le refte, car il n'y avoit point
d'apparence de pouvoir entretenir des chevaux & un Cocher.
Je découvris ma peine à M.
Lefcaut. Je ne lui avois point
caché que j'euffe reçu cent piftoles d'un Ami. Il me répeta que
fi je voulois tenter le hazard du
jeu, il ne défefperoit point
qu'en facrifiant de bonne grace
une centaine de francs, pour
traiter fes Affociés, je ne puffe
être admis, à fa recommanda-
tion, dans la Ligue de l'Induftrie. Quelque répugnance que
j'euffe à tromper, je me laiffai en-

traîner par une cruelle néceffité.

M. Lefcaut me préfenta, le
foir même, comme un de fes
Parens. Il ajoûta que j'étois d'autant mieux difpofé à réuffir,
que j'avois befoin des plus grandes faveurs de la Fortune. Cependant, pour faire connoître
que ma mifere n'étoit pas celle
d'un homme de néant, il leur
dit que j'étois dans le deffein
de leur donner à fouper. L'offre
fut acceptée. Je les traitai magnifiquement. On s'entretint
long-tems de la gentilleffe de ma
figure, & de mes heureufes dif-
pofitions. On prétendit qu'il y
avoit beaucoup à efperer de
moi, parce qu'ayant quelque
chofe, dans la phifionomie,

qui fentoit l'honnête homme,
perfonne ne fe défieroit de mes
artifices. Enfin, on rendit graces
à M. Lefcaut d'avoir procuré, à
l'Ordre, un Novice de mon mérite, & l'on chargea un des Cheva-
liers de me donner, pendant quelques jours, les inftructions néceffaires. Le principal Théâtre
de mes exploits devoit être
l'Hôtel de Tranfilvanie, où il
y avoit une table de Pharaon
dans une Salle, & divers autres
Jeux de Cartes & de Dez dans
la Galerie. Cette Académie fe
tenoit au profit de M. le Prince
de R... qui demeuroit alors à
Clagny, & la plûpart de fes Officiers étoient de notre Société.
Le dirai-je à ma honte ? je profi-

tai, en peu de tems, des leçons de
mon Maître. J'acquis fur tout
beaucoup d'habileté à faire une
volte-face, à filer la carte ; & m'ai-
dant fort bien d'une longue paire
de manchettes, j'efcamotois affez légerement pour tromper les
yeux des plus habiles, & rui-
ner fans affectation quantité
d'honnêtes Joueurs. Cette adreffe extraordinaire hâta fi fort les
progrès de ma fortune, que je
me trouvai en peu de femaines
des fommes confidérables, outre celles que je partageois de
bonne foi avec mes Affociés. Je
ne craignis plus, alors, de découvrir à Manon notre perte de
Chaillot ; & pour la confoler,
en lui apprenant cette fâcheufe

en lui apprenant cette fâcheuse
nouvelle, je louai une Maison gar-
nie, où nous nous établîmes avec
un air d'opulence & de sécurité.

Tiberge n'avoit pas manqué,
pendant ce tems-là, de me rendre de fréquentes visites Sa morale ne finissoit point. Il recom-
mençoit sans cesse à me repré-
senter le tort que je faisois à ma
conscience, à mon honneur &
à ma fortune. Je recevois ses
avis avec amitié ; & quoique je
n'eusse pas la moindre disposition à les suivre, je lui sçavois
bon gré de son zéle , parce que
j'en connoissois la source. Quelquefois je le raillois agréablement, dans la présence même de
Manon ; & je l'exhortois à n'être

N iiij

pas plus fcrupuleux qu'un grand
nombre d'Evêques & d'au-
tres Prêtres, qui fçavent accorder fort bien une Maîtreffe avec
un Bénéfice. Voyez, lui difois-
je, en lui montrant les yeux de
la mienne; & dites-moi s'il y
a des fautes qui ne foient pas
juftifiées par une fi belle caufe. Il prenoit patience. Il la
pouffa même affez loin : mais
lorfqu'il vit que mes richeffes
augmentoient, & que non-feulement je lui avois reftitué fes
cent piftoles, mais qu'ayant
loué une nouvelle Maifon &
doublé ma dépenfe, j'allois
me replonger plus que jamais
dans les plaifirs, il changea en-
tierement de ton & de manieres,

Il se plaignit de mon endurcis-
sement ; il me menaça des châtimens du Ciel , & il me prédit
une partie des malheurs qui ne
tarderent guéres à m'arriver. Il
est impossible , me dit-il , que
les richesses qui servent à l'entretien de vos désordres , vous
soient venues par des voyes
légitimes. Vous les avez ac-
quises injustement ; elles vous
seront ravies de même. La plus
terrible punition de Dieu seroit de vous en laisser jouir
tranquillement. Tous mes conseils , ajoûta-t-il , vous ont été
inutiles ; je ne prévois que trop
qu'ils vous seroient bien-tôt
importuns. Adieu , ingrat &
foible Ami. Puissent vos crimi-

nels plaisirs s'évanouir comme une ombre ! Puisse votre fortune & votre argent, périr sans ressource ; & vous, rester seul & nud, pour sentir la vanité des biens qui vous ont follement enivré ! C'est alors que vous me trouverez disposé à vous aimer & à vous servir ; mais je romps aujourd'hui tout commerce avec vous, & je déteste la vie que vous menez. Ce fut dans ma chambre, aux yeux de Manon, qu'il me fit cette harangue Apostolique. Il se leva pour se retirer. Je voulus le retenir ; mais je fus arrêté par Manon, qui me dit, que c'étoit un fou qu'il falloit laisser sortir.

Son discours ne laissa pas de

faire quelque impreffion fur
moi. Je remarque ainfi les di-
verfes occafions où mon cœur
fentit un retour vers le bien,
parce que c'eft à ce fouvenir
que j'ai dû enfuite une partie
de ma force, dans les plus mal-
heureufes circonftances de ma
vie. Les careffes de Manon dif-
fiperent, en un moment, le
chagrin que cette fcène m'avoit
caufé. Nous continuâmes de
mener une vie, toute compofée
de plaifir & d'amour. L'aug-
mentation de nos richeffes re-
doubla notre affection. Venus
& la Fortune n'avoient point
d'Efclaves plus heureux & plus
tendres. Dieux ! pourquoi nommer le Monde un lieu de mi-

feres, puifqu'on y peut goûter
de fi charmantes délices! Mais
hélas! leur foible eft de paffer
trop vîte. Quelle autre félicité
voudroit-on fe propofer, fi elles
étoient de nature à durer toujours? Les nôtres eurent le fort
commun, c'eft-à-dire, de durer
peu, & d'être fuivies par des
regrets amers. J'avois fait au
Jeu des gains fi confidérables,
que je penfois à placer une partie de mon argent. Mes Domeftiques n'ignoroient pas mes fuccès; fur-tout mon Valet de
chambre, & la Suivante de
Manon, devant lefquels nous
nous entretenions fouvent fans
défiance. Cette Fille étoit jolie.
Mon Valet en étoit amoureux.

Ils avoient à faire à des Maîtres
jeunes & faciles , qu'ils s'ima-
ginerent pouvoir tromper aifément. Ils en conçurent le deffein,
& ils l'exécuterent fi malheu-
reufement pour nous , qu'ils
nous mirent dans un état dont il
ne nous a jamais été poffible de
nous relever.

M. Lefcaut nous ayant un
jour donné à fouper , il étoit
environ minuit , lorfque nous
retournâmes au Logis. J'appellai
mon Valet , & Manon fa Femme
de Chambre ; ni l'un ni l'autre
ne parurent. On nous dit qu'ils
n'avoient point été vûs dans la
Maifon depuis huit heures , &
qu'ils étoient fortis après avoir
fait tranfporter quelques caiffes,

suivant les ordres qu'ils difoient
avoir reçus de moi. Je preffen-
tis une partie de la vérité ; mais
je ne formai point de foupçons,
qui ne fuffent furpaffés par ce
que j'apperçus en entrant dans
ma chambre. La ferrure de mon
cabinet avoit été forcée, &
mon argent enlevé, avec tous
mes habits. Dans le tems que
je réfléchiffois feul, fur cet accident, Manon vint, toute ef-
frayée, m'apprendre qu'on avoit
fait le même ravage dans fon
appartement. Le coup me parut
fi cruel, qu'il n'y eut qu'un
effort extraordinaire de raifon,
qui m'empêcha de me livrer
aux cris & aux pleurs. La crainte
de communiquer mon défefpoir

à Manon me fit affecter de prendre un vifage tranquille. Je lui
dis, en badinant, que je me
vangerois fur quelque dupe, à
l'Hôtel de Tranfilvanie. Cependant elle me fembla fi fenfible
à notre malheur, que fa trifteffe
eut bien plus de force pour m'affliger, que ma joïe feinte n'en
avoit eu pour l'empêcher d'être
trop abbatue. Nous fommes
perdus, me dit-elle, les larmes
aux yeux. Je m'efforçai en vain
de la confoler par mes careffes.
Mes propres pleurs trahiffoient
mon défefpoir & ma confternation. En effet, nous étions rui-
nés fi abfolument, qu'il ne nous
reftoit pas une chemife.

Je pris le parti d'envoyer cher-

cher sur le champ M. Lescaut. Il
me conseilla d'aller, à l'heure
même, chez M. le Lieutenant
de Police & M. le Grand Pré-
vôt de Paris. J'y allai ; mais ce
fut pour mon plus grand malheur ; car outre que cette démarche, & celles que je fis faire
à ces deux Officiers de Justice,
ne produisirent rien, je donnai
le tems à Lescaut d'entretenir sa
Sœur, & de lui inspirer pendant mon absence une horrible
résolution. Il lui parla de M.
de G.... M... vieux Voluptueux,
qui payoit prodiguement les
plaisirs, & il lui fit envisager
tant d'avantages à se mettre à
sa solde, que troublée comme
elle étoit par notre disgrace,
elle

elle entra dans tout ce qu'il entreprit de lui perfuader. Cèt
honorable marché fut conclu
avant mon retour, & l'exécu-
tion remife au lendemain, après
que Lefcaut auroit prévenu M.
de G.... M... Je le trouvai, qui
m'attendoit au logis ; mais Manon s'étoit couchée dans fon
appartement, & elle avoit donné ordre à fon Laquais de me
dire, qu'ayant befoin d'un peu
de repos, elle me prioit de la
laiffer feule pendant cette nuit.
Lefcaut me quitta, après m'a-
voir offert quelques piftoles que
j'acceptai. Il étoit près de quatre heures, lorfque je me mis au
lit ; & m'y étant encore occupé
long-tems des moyens de ré-

I. Part.   O

tablir ma fortune, je m'endor-
mis si tard, que je ne pus me
réveiller que vers onze heures ou
midi. Je me levai promptement,
pour aller m'informer de la
santé de Manon : on me dit
qu'elle étoit sortie une heure
auparavant, avec son Frere, qui
qui l'étoit venu prendre dans un
caroffe de louage. Quoiqu'une
telle partie, faite avec Lescaut,
me parût mistérieuse, je me
fis violence pour suspendre mes
soupçons. Je laiffai couler quelques heures, que je paffai à lire.
Enfin, n'étant plus le maître
de mon inquiétude, je me
promenai à grands pas dans nos
appartemens. J'apperçus, dans
celui de Manon, une Lettre

cachetée, qui étoit fur fa table.
L'adreffe étoit à moi, & l'écriture de fa main. Je l'ouvris avec
un friffon mortel : elle étoit
dans ces termes.

Je te jure, mon cher Chevalier, que tu es l'Idole de mon
cœur, & qu'il n'y a que toi au
Monde, que je puiffe aimer de
la façon dont je t'aime ; mais
ne vois-tu pas, ma pauvre chere
Ame, que dans l'état où nous
fommes réduits, c'eft une fotte
vertu que la fidélité? Crois-tu
qu'on puiffe être bien tendre,
lorfqu'on manque de pain ? La
faim me cauferoit quelque mé-
prife fatale ; je rendrois quelque jour le dernier foupir, en
croyant en pouffer un d'amour.

Je t'adore, compte là-dessus ;
mais laisse-moi, pour quelque
tems, le ménagement de notre
fortune. Malheur à qui va tomber dans mes filets ; je travaille
pour rendre mon Chevalier riche & heureux. Mon Frere t'ap-
prendra des nouvelles de ta
Manon, & qu'elle a pleuré de
la nécessité de te quitter.

Je demeurai, après cette
lecture, dans un état qui me
feroit difficile à décrire ; car
j'ignore encore aujourd'hui par
quelle espece de sentimens je
fus alors agité. Ce fut une de
ces situations uniques, ausquel-
les on n'a rien éprouvé qui soit
semblable : on ne sçauroit les
expliquer aux autres, parce qu'ils

n'en ont pas l'idée ; & l'on a
peine à fe les bien démêler à
foi-même, parce qu'étant feules
de leur efpece, cela ne fe lie
à rien dans la mémoire, & ne
peut même être rapproché d'aucun fentiment connu. Cependant, de quelque nature que
fuffent les miens, il eft certain
qu'il devoit y entrer de la douleur, du dépit, de la jaloufie,
& de la honte. Heureux, s'il
n'y fût pas entré encore plus
d'amour ! Elle m'aime, je le
veux croire ; mais ne faudroit-il
pas, m'écriai-je, qu'elle fût un
Monftre pour me haïr ? Quels
droits eut-on jamais fur un cœur,
que je n'aye pas fur le fien ?
Que me refte-il à faire pour elle,

après tout ce que je lui ai facrifié? Cependant elle m'aban-
donne! & l'Ingrate fe croit à
couvert de mes reproches, en
me difant qu'elle ne ceffe pas
de m'aimer. Elle appréhende la
faim; Dieu d'Amour! quelle
groffiereté de fentimens, & que
c'eft répondre mal à ma délicateffe! Je ne l'ai pas appré-
hendée, moi qui m'y expofe
fi volontiers pour elle, en re-
nonçant à ma fortune, & aux
douceurs de la Maifon de mon
Pere; moi, qui me fuis retranché
jufqu'au néceffaire, pour fatisfaire fes petites humeurs & fes
caprices. Elle m'adore, dit-elle.
Si tu m'adorois, Ingrate, je fçais
bien de qui tu aurois pris des

conseils ; tu ne m'aurois pas quitté, du moins, sans me dire
adieu. C'est à moi qu'il faut demander quelles peines cruelles
on sent, à se séparer de ce qu'on
adore. Il faudroit avoir perdu
l'esprit, pour s'y exposer volontairement.

Mes plaintes furent interrompues , par une visite à laquelle je
ne m'attendois pas. Ce fut celle
de Lescaut. Bourreau ! lui dis-je,
en mettant l'épée à la main,
où est Manon ? qu'en as-tu fait ?
Ce mouvement l'effraya : il me
répondit que si c'étoit ainsi que
je le recevois , lorsqu'il venoit
me rendre compte du service le
plus considérable qu'il eût pû
me rendre , il alloit se retirer &

ne remettroit jamais le pied
chez moi. Je courus à la porte
de la chambre, que je fermai foi-
gneufement. Ne t'imagine pas,
lui dis-je en me tournant vers lui,
que tu puiſſes me prendre encore une fois pour dupe, & me
tromper par des fables. Il faut
défendre ta vie, ou me faire
retrouver Manon. Là ! que vous
êtes vif ! repartit-il ; c'eſt l'unique ſujet qui m'amene. Je viens
vous annoncer un bonheur auquel vous ne penſez pas, &
pour lequel vous reconnoîtrez
peut-être que vous m'avez quelque obligation. Je voulus être
éclairci ſur le champ.

Il me raconta que Manon, ne
pouvant ſoutenir la crainte de la
miſére,

misere , & sur tout l'idée d'être
obligée tout d'un coup à la réforme de notre Equipage , l'avoit
prié de lui procurer la connoissance de M. de G. M. qui passoit
pour un homme généreux. Il n'eut
garde de me dire que le conseil
étoit venu de lui , ni qu'il eût
préparé les voies , avant que de
l'y conduire. Je l'y ai menée ce
matin , continua - t'il , & cet
honnête homme a été si charmé
de son mérite , qu'il l'a invitée
d'abord à lui tenir compagnie à
sa Maison de campagne , où il
est allé passer quelques jours.
Moi , ajoûta Lescaut , qui ai
pénétré tout d'un coup de quel
avantage cela pouvoit être pour
vous , je lui ai fait entendre

I. Part.   P

adroitement que Manon avoit
essuié des pertes considérables ;
& j'ai tellement piqué sa générosité, qu'il a commencé par
lui faire un présent de deux
cens pistoles. Je lui ai dit que
cela étoit honnête pour le présent ; mais que l'avenir ame-
roit, à ma Sœur, de grands besoins ; qu'elle s'étoit chargée
d'ailleurs du soin d'un jeune Frere, qui nous étoit resté sur les
bras après la mort de nos Pere
& Mere, & que s'il la croyoit
digne de son estime, il ne la
laisseroit pas souffrir, dans ce
pauvre Enfant, qu'elle regardoit comme la moitié d'elle-
même. Ce récit n'a pas manqué
de l'attendrir. Il s'est engagé à

louer une Maifon commode,
pour vous & pour Manon ; car
c'eft vous - même, qui êtes ce
pauvre petit Frere orphelin il
a promis de vous meubler proprement, & de vous fournir
tous les mois quatre cens bonnes livres, qui en feront, fi je
compte bien, quatre mille huit
cens à la fin de chaque année. Il
a laiffé ordre à fon Intendant,
avant que de partir pour fa Campagne, de chercher une Maifon,
& de la tenir prête pour fon
retour. Vous reverrez alors Manon, qui m'a chargé de vous
embraffer mille fois pour elle,
& de vous affurer qu'elle vous
aime plus que jamais.

Je m'affis, en rêvant à cette

bizarre difpofition de mon fort.
Je me trouvai dans un partage
de fentimens, & par conféquent dans une incertitude fi
difficile à terminer, que je demeurai long-tems fans répondre
à quantité de queftions, que
Lefcaut me faifoit l'une fur
l'autre. Ce fut dans ce moment
que l'Honneur & la Vertu me
firent fentir encore les pointes
du remord, & que je jettai les
yeux en foupirant, vers Amiens,
vers la Maifon de mon Pere,
vers Saint Sulpice, & vers tous
les lieux où j'avois vécu dans
l'innocence. Par quel immenfe
efpace n'étois-je pas féparé de
cet heureux état ! Je ne le voyois
plus que de loin, comme une

ombre, qui s'attiroit encore
mes regrets & mes defirs, mais
trop foible pour exciter mes
efforts. Par quelle fatalité,
difois-je, fuis-je devenu fi
criminel ! L'Amour eft une paffion innocente ; comment s'eft-il
changé, pour moi, en une fource de miferes & de défordres ?
Qui m'empêchoit de vivre tranquille & vertueux avec Manon ?
Pourquoi ne l'époufois-je point,
avant que d'obtenir rien de fon
amour ? Mon Pere, qui m'aimoit fi tendrement, n'y auroit-
il pas confenti, fi je l'en euffe
preffé avec des inftances légitimes ? Ah ! mon Pere l'auroit
chérie, lui-même, comme une
Fille charmante, trop digne

d'être la Femme de son Fils; je
serois heureux avec l'amour de
Manon, avec l'affection de mon
Pere, avec l'estime des honnêtes
gens, avec les biens de la Fortune, & la tranquillité de la
Vertu. Revers funeste! Quel est
l'infâme personnage qu'on vient
ici me proposer? Quoi, j'irai
partager.... mais y a-t'il à balancer, si c'est Manon qui l'a
réglé, & si je la pers sans cette
complaisance ? M. Lescaut, m'é-
criai-je, en fermant les yeux,
comme pour écarter de si cha-
grinantes réflexions, si vous avez
eu dessein de me servir, je
vous rens graces. Vous auriez
pû prendre une voïe plus honnête ; mais 'est une chose

finie, n'eſt-ce pas ? ne penſons
donc plus qu'à profiter de vos
ſoins, & à remplir votre projet. Leſcaut, à qui ma colere,
ſuivie d'un fort long ſilence,
avoit cauſé de l'embarras, fut
ravi de me voir prendre un
parti tout different de celui
qu'il avoit appréhendé ſans
doute; il n'étoit rien moins
que brave, & j'en eus de
meilleures preuves dans la
ſuite. Oui, oui, ſe hâta-t'il de
me répondre, c'eſt un fort bon
ſervice que je vous ai rendu, &
vous verrez que nous en tire-
rons plus d'avantage que vous
ne vous y attendez. Nous con-
certâmes de quelle maniere nous
pourrions prévenir les défiances

que M. de G... M.... pouvoit
concevoir de notre fraternité,
en me voyant plus grand, & un
peu plus âgé peut-être qu'il ne
se l'imaginoit. Nous ne trouvâmes point d'autre moyen,
que de prendre devant lui un
air simple & provincial, & de
lui faire croire que j'étois dans
le dessein d'entrer dans l'Etat
Ecclésiastique, & que j'allois
pour cela tous les jours au Col-
lege. Nous résolûmes aussi que
je me mettrois fort mal, la premiere fois que je serois admis
à l'honneur de le saluer. Il revint
à la Ville, trois ou quatre jours
après. Il conduisit lui-même Manon, dans la Maison que son Intendant avoit eu soin de préparer.

Elle fit avertir auſſi - tôt Leſcaut de ſon retour ; & celui-ci
m'en ayant donné avis, nous
nous rendîmes tous deux chez
elle. Le vieil Amant en étoit
déja ſorti.

Malgré la réſignation avec
laquelle je m'étois ſoumis à ſes
volontés, je ne pus réprimer le
murmure de mon cœur en la
revoyant. Je lui parus triſte &
languiſſant. La joie de la retrouver ne l'emportoit pas tout-
à-fait, ſur le chagrin de ſon infidélité. Elle, au contraire, paroiſſoit tranſportée du plaiſir de
me revoir. Elle me fit des reproches de ma froideur. Je ne
pus m'empêcher de laiſſer échapper les noms de Perfide & d'In-

fidelle, que j'accompagnai d'autant de soupirs. Elle me railla
d'abord de ma simplicité; mais
lorsqu'elle vit mes regards s'attacher toujours tristement sur
elle, & la peine que j'avois à
digérer un changement si contraire à mon humeur & à mes
desirs, elle passa seule dans son
cabinet. Je la suivis, un moment après. Je l'y trouvai toute
en pleurs. Je lui demandai ce
qui les causoit. Il t'est bien aisé
de le voir, me dit-elle; comment veux-tu que je vive, si
ma vûe n'est plus propre qu'à te
causer un air sombre & chagrin? Tu ne m'as pas fait une
seule caresse, depuis une heure
que tu es ici, & tu as reçu les

miennes avec la majefté du
Grand Turc au Serrail.

Ecoutez, Manon, lui répondis-je en l'embraffant, je ne
puis vous cacher que j'ai le cœur
mortellement affligé. Je ne parle
point à préfent des allarmes où
votre fuite imprévue m'a jetté,
ni de la cruauté que vous avez
eue de m'abandonner fans
un mot de confolation, a-
près avoir paffé la nuit dans un
autre lit que moi. Le charme
de votre préfence m'en feroit
bien oublier davantage. Mais
croyez-vous que je puiffe penfer fans foupirs, & même fans
larmes, continuai-je en en verfant quelques-unes, à la trifte
& malheureufe vie que vous

voulez que je mene dans cette
Maiſon ? Laiſſons ma naiſſance
& mon honneur à part ; ce ne
ſont plus des raiſons ſi foibles, qui
doivent entrer en concurrence
avec un amour tel que le mien ;
mais cet amour même, ne vous
imaginez-vous pas qu'il gémit
de ſe voir ſi mal récompenſé,
ou plutôt traité ſi cruellement, par une ingrate &
dure Maîtreſſe.... Elle m'inter-
terrompit : tenez, dit - elle,
mon Chevalier, il eſt inutile de
me tourmenter par des reproches, qui me percent le cœur,
lorſqu'ils viennent de vous. Je
vois ce qui vous bleſſe. J'avois
eſperé que vous conſentiriez au
projet que j'avois fait pour ré-

tablir un peu notre fortune , &
c'étoit pour ménager votre dé-
licateſſe que j'avois commencé
à l'exécuter ſans votre participa-
tion ; mais j'y renonce, puiſque
vous ne l'approuvez pas. Elle
ajoûta qu'elle ne me demandoit
qu'un peu de complaiſance, pour
le reſte du jour ; qu'elle avoit
déja reçu deux cens piſtoles de
ſon vieil Amant, & qu'il lui
avoit promis de lui apporter le
ſoir un beau collier de perles,
avec d'autres bijoux , & par
deſſus cela la moitié de la pen-
ſion annuelle qu'il lui avoit
promiſe. Laiſſez - moi ſeulement le tems, me dit-elle, de
recevoir ſes préſens ; je vous
jure qu'il ne pourra ſe van-

rer , des avantages que je lui ai donnés fur moi , car je l'ai remis jufqu'à préfent à la Ville. Il eft vrai qu'il m'a baifé plus d'un million de fois les mains ; il eft jufte qu'il paye ce plaifir , & ce ne fera point trop que cinq ou fix mille francs , en proportionnant le prix à fes richeffes & à fon âge.

Sa réfolution me fut beaucoup plus agréable , que l'efpérance des 5000 livres. J'eus lieu de reconnoître que mon cœur n'avoit point encore perdu tout fentiment d'honneur , puifqu'il étoit fi fatisfait d'échapper à l'infamie. Mais j'étois né pour les courtes joïes & les longues douleurs. La Fortune ne me dé-

livra d'un précipice, que pour
me faire tomber dans un autre.
Lorſque j'eus marqué à Manon,
par mille careſſes, combien je
me croyois heureux de ſon
changement, je lui dis qu'il
falloit en inſtruire M. Leſcaut,
afin que nos meſures ſe priſſent
de concert. Il en murmura d'a-
bord; mais les quatre ou cinq
mille livres d'argent comptant
le firent entrer gaiment dans nos
vûes. Il fut donc reglé que nous
nous trouverions tous à ſouper
avec M. de G.,. M.., & cela pour
deux raiſons : l'une, pour nous
donner le plaiſir d'une ſcène
agréable, en me faiſant paſſer
pour un Ecolier, Frere de Manon ; l'autre, pour empêcher ce

vieux Libertin de s'émanciper trop avec ma Maîtreſſe, par le droit qu'il croiroit s'être acquis en payant ſi libéralement d'avance. Nous devions nous retirer, Leſcaut & moi, lorſqu'il monteroit à la chambre où il comptoit de paſſer la nuit ; & Manon, au lieu de le ſuivre, nous promit de ſortir, & de la venir paſſer avec moi. Leſcaut ſe chargea du ſoin d'avoir exactement un caroſſe à la porte.

L'heure du ſouper étant venue, M. de G... M... ne ſe fit pas attendre long-tems. Leſcaut étoit avec ſa Sœur, dans la Salle. Le premier compliment du Vieillard fut d'offrir à ſa Belle, un collier, des bracelets,

&

& des pendants de perles , qui
valoient au moins mille écus. Il
lui compta enfuite , en beaux
Louis d'or, la fomme de deux
mille quatre cens livres , qui
faifoient la moitié de la pen-
fion. Il affaifonna fon préfent
de quantité de douceurs , dans
le goût de la vieille Cour. Manon ne-put lui refufer quelques
baifers ; c'étoit autant de droits
qu'elle acquéroit, fur l'argent
qu'il lui mettoit entre les mains.
J'étois à la porte , où je prêtois
l'oreille, en attendant que Lefcaut m'avertît d'entrer.

Il vint me prendre par la
main , lorfque Manon eut ferré
l'argent & les bijoux ; & me
conduifant vers M. de G... M.. il

I. Part.   Q

m'ordonna de lui faire la révé-
rence. J'en fis deux ou trois des
plus profondes. Excusez, Monsieur, lui dit Lescaut, c'est un
Enfant fort neuf. Il est bien
éloigné, comme vous voyez,
d'avoir les airs de Paris; mais
nous espérons qu'un peu d'usage
le façonnera. Vous aurez l'honneur de voir ici souvent Monsieur, ajouta-t'il, en se tournant
vers moi; faites bien votre profit d'un si bon modéle. Le vieil
Amant parut prendre plaisir à
me voir. Il me donna deux ou
trois petits coups sur la joue,
en me disant que j'étois un joli
garçon, mais qu'il falloit être
sur mes gardes à Paris, où les
jeunes gens se laissent aller fa-

H. Gravelot inv.   J. P. Tiebas sc.

cilement à la débauche. Lescaut
l'assura que j'étois naturellement
si sage, que je ne parlois que de
me faire Prêtre, & que tous
mon plaisir étoit à faire de petites Chapelles. Je lui trouve l'air
de Manon, reprit le Vieillard,
en me haussant le menton avec
la main. Je répondis d'un air
niais : Monsieur, c'est que nos
deux chairs se touchent de bien
proche ; aussi, j'aime ma Sœur
Manon comme un autre moi-
même. L'entendez-vous, dit-il
à Lescaut ? il a de l'esprit. C'est
dommage que cet Enfant-là
n'ait pas un peu plus de monde.
Ho, Monsieur, repris-je, j'en ai
vû beaucoup chez nous dans les
Eglises, & je crois bien que

j'en trouverai, à Paris, de plus
fots que moi. Voyez, ajoûta-
t'il, cela eft admirable pour un
Enfant de Province. Toute notre converfation fut à peu près
du même goût, pendant le fouper. Manon, qui étoit badine,
fut fur le point, plufieurs fois,
de gâter tout par fes éclats de
rire. Je trouvai l'occafion, en
foupant, de lui raconter fa propre hiftoire, & le mauvais fort
qui le menaçoit. Lefcaut &
Manon trembloient pendant
mon récit, fur tout lorfque je
faifois fon portrait au naturel;
mais l'amour propre l'empêcha
de s'y reconnoître, & je l'a-
chevai fi adroitement qu'il fut
le premier à le trouver fort ri-

fible. Vous verrez que ce n'eft
pas fans raifon, que je me fuis
étendu fur cette ridicule fcène.
Enfin l'heure du fommeil étant
arrivée, li parla d'amour &
d'impatience. Nous nous reti-
râmes, Lefcaut & moi. On le
conduifit à fa chambre ; & Manon, étant fortie fous prétexte
d'un befoin, nous vint joindre
à la porte. Le caroffe, qui nous
attendoit trois ou quatre maifons plus bas, s'avança pour
nous recevoir. Nous nous éloignâmes, en un inftant, du quartier.

Quoiqu'à mes propres yeux,
cette action fût une véritable friponnerie, ce n'étoit pas la plus
injufte que je cruffe avoir à me

reprocher. J'avois plus de scrupule, sur l'argent que j'avois acquis au Jeu. Cependant nous profitâmes aussi peu de l'un que de l'autre, & le Ciel permit que la plus légere de ces deux injustices fût la plus rigoureusement punie.

M. de G... M... ne tarda pas long-tems à s'appercevoir qu'il étoit dupé. Je ne sçais s'il fit, dès le soir même, quelques démarches pour nous découvrir; mais il eut assez de crédit pour n'en pas faire long-tems d'inutiles, & nous assez d'imprudence, pour compter trop sur la grandeur de Paris, & sur l'éloignement qu'il y avoit de notre quartier au sien. Non-seulement il fut informé de no-

tre demeure , & de nos affaires
préfentes , mais il apprit auffi
qui j'étois , la vie que j'avois
menée à Paris , l'ancienne liaifon de Manon avec B . . . la
tromperie qu'elle lui avoit faite ;
en un mot , toutes les parties
fcandaleufes de notre hiftoire.
Il prit là-deffus la réfolution de
nous faire arrêter , & de nous
traiter moins comme des Crimi-
nels , què comme de fiefés Li-
bertins. Nous étions encore au
lit , lorfqu'un Exempt de Police entra dans notre chambre ,
avec une demie douzaine de
Gardes. Ils fe faifirent d'abord
de notre argent , ou plutôt de
celui de Monfieur de G... M...; &
nous ayant fait lever brufque-

ment, ils nous conduifirent à la
porte, où nous trouvâmes deux
caroffes, dans l'un defquels la
pauvre Manon fut enlevée fans
explication, & moi traîné dans
l'autre à Saint Lazare. Il faut
avoir éprouvé de tels revers, pour
juger du défefpoir qu'ils peuvent caufer. Nos Gardes eurent
la dureté de ne me pas permettre d'embraffer Manon, ni de
lui dire une parole. J'ignorai
long-tems ce qu'elle étoit de-
venue. Ce fut fans doute un
bonheur pour moi, de ne l'a-
voir pas fçu d'abord ; car une
cataftrophe fi terrible m'auroit
fait perdre le fens, & peut-être
la vie.

Ma malheureufe Maîtreffe
fut

fut donc enlevée, à mes yeux,
& menée dans une Retraite
que j'ai horreur de nommer.
Quel sort pour une Créature
toute charmante, qui eût occupé le premier trône du Monde, si tous les hommes euſſent,
eu mes yeux & mon cœur! On
ne l'y traita pas barbarement;
mais elle fut reſſerrée dans une
étroite priſon, ſeule, & con-
damnée à remplir tous les jours
une certaine tâche de travail,
comme une condition néceſſaire
pour obtenir quelque dégoûtan-
te nourriture. Je n'appris ce
triſte détail que long-tems après,
lorſque j'eus eſſuïé moi - même
pluſieurs mois d'une rude & en-
nuyeuſe pénitence. Mes Gardes

I. Part.   R

ne m'ayant point averti non plus
du lieu où ils avoient ordre de
me conduire, je ne connus mon
deſtin qu'à la porte de S. Lazare. J'aurois préféré la mort,
dans ce moment, à l'état où je
me crus prêt de tomber. J'a-
vois de terribles idées de cette
Maiſon. Ma frayeur augmenta,
lorſqu'en entrant, les Gardes
viſiterent une ſeconde fois mes
poches, pour s'aſſurer qu'il ne
me reſtoit, ni armes, ni moyen
de défenſe. Le Supérieur parut
à l'inſtant ; il étoit prévenu ſur
mon arrivée. Il me ſalua avec
beaucoup de douceur. Mon Pere, lui dis-je, point d'indigni-
tés. Je perdrai mille vies, avant
que d'en ſouffrir une. Non, non,

Monſieur, me répondit-il ; vous
prendrez une conduite ſage, &
nous ferons contens l'un de l'autre. Il me pria de monter dans
une chambre haute. Je le ſuivis
ſans réſiſtance. Les Archers nous
accompagnerent juſqu'à la porte ;
& le Supérieur, y étant entré avec
moi, leur fit ſigne de ſe retirer.

Je ſuis donc votre Priſon-
nier, lui dis-je ! Eh bien, mon
Pere, que prétendez-vous faire de moi ? Il me dit qu'il
étoit charmé de me voir prendre un ton raiſonnable ; que
ſon devoir feroit de travailler
à m'inſpirer le goût de la vertu
& de la Religion, & le mien,
de profiter de ſes exhortations
& de ſes conſeils ; que pour peu

que je voulusse répondre aux at-
tentions qu'il auroit pour moi,
je ne trouverois que du plaisir
dans ma Solitude. Ah ! du plaisir,
repris-je; vous ne sçavez pas,
mon Pere, l'unique chose qui est
capable de m'en faire goûter !
Je le sçais, reprit-il; mais j'espere que votre inclination chan-
gera. Sa réponse me fit comprendre qu'il étoit instruit de
mes avantures, & peut-être de
mon nom. Je le priai de m'é-
claircir. Il me dit naturellement
qu'on l'avoit informé de tout.

Cette connoissance fut le plus
rude de tous mes châtimens. Je
me mis à verser un ruisseau de
larmes, avec toutes les marques
d'un affreux désespoir. Je ne

pouvois me confoler d'une humiliation, qui alloit me rendre
la Fable de toutes les Perfonnes
de ma connoiffance, & la honte
de ma Famille. Je paffai ainfi
huit jours dans le plus profond
abbatement, fans être capable
de rien entendre, ni de m'oc-
cuper d'autre chofe que de mon
opprobre. Le fouvenir même
de Manon n'ajoutoit rien à ma
douleur. Il n'y entroit, du moins,
que comme un fentiment qui
avoit précédé cette nouvelle
peine ; & la paffion dominante
de mon ame étoit la honte &
la confufion. Il y a peu de perfonnes, qui connoiffent la force
de ces mouvemens particuliers
du cœur. Le commun des hom-

mes n'eſt ſenſible qu'à cinq ou
ſix paſſions, dans le cercle deſ-
quelles leur vie ſe paſſe, & où
toutes leurs agitations ſe réduiſ-
ſent. Otez-leur l'amour & la
haine, le plaiſir & la douleur,
l'eſpérance & la crainte, ils ne
ſentent plus rien. Mais les perſonnes d'un caractere plus noble
peuvent être remuées de mille
façons differentes ; il ſemble
qu'elles ayent plus de cinq ſens,
& qu'elles puiſſent recevoir
des idées & des ſenſations qui
paſſent les bornes ordinaires de
la Nature. Et comme elles ont
un ſentiment de cette grandeur, qui les éleve au-deſſus
du vulgaire, il n'y a rien dont
elles ſoient plus jalouſes. De-

là vient qu'elles souffrent si impatiemment le mépris & la risée, & que la honte est une de leurs plus violentes passions.

J'avois ce triste avantage à S. Lazare. Ma tristesse parut si excessive au Supérieur, qu'en appréhendant les suites, il crut devoir me traiter avec beaucoup de douceur & d'indulgence. Il me visitoit deux ou trois fois le jour. Il me prenoit souvent avec lui, pour faire un tour de Jardin, & son zéle s'épuisoit en exhortations & en avis salutaires. Je les recevois avec douceur. Je lui marquois même de la reconnoissance. Il en tiroit l'espoir de ma conversion. Vous êtes d'un naturel si

doux & fi aimable, me dit-il
un jour, que je ne puis comprendre les défordres dont on
vous accufe. Deux chofes m'é-
tonnent; l'une, comment avec
de fi bonnes qualités vous avez
pû vous livrer à l'excès du li-
bertinage; & l'autre, que j'admire encore plus, comment
vous recevez fi volontiers mes
confeils & mes inftructions,
après avoir vécu plufieurs années dans l'habitude du défordre. Si c'eft repentir, vous êtes
un exemple fignalé des miféri-
cordes du Ciel ; fi c'eft bonté
naturelle, vous avez du moins
un excellent fond de caractere, qui me fait efperer que
nous n'aurons pas befoin de

vous retenir ici long-tems, pour vous ramener à une vie honnête & reglée. Je fus ravi de lui voir cette opinion de moi. Je résolus de l'augmenter, par une conduite qui pût le satisfaire entiérement ; persuadé que c'étoit le plus sûr moyen d'abréger ma prison. Je lui demandai des Livres. Il fut surpris que m'ayant laissé le choix de ceux que je voulois lire, je me déterminai pour quelques Auteurs sérieux. Je feignis de m'appliquer à l'étude avec le dernier attachement, & je lui donnai ainsi, dans toutes les occasions, des preuves du changement qu'il desiroit.

Cependant il n'étoit qu'ex-

térieur. Je dois le confeſſer à
ma honte ; je jouai, à S. Lazare, un perſonnage d'hipocri-
te. Au lieu d'étudier, quand
j'étois ſeul, je ne m'occupois
qu'à gémir de ma deſtinée. Je
maudiſſois ma priſon, & la
tyrannie qui m'y retenoit. Je
n'eus pas plutôt quelque relâche,
du côté de cet accablement où
m'avoit jetté la confuſion, que
je retombai dans les tourmens
de l'Amour. L'abſence de Manon, l'incertitude de ſon ſort,
la crainte de ne la revoir jamais, étoient l'unique objet de
mes triſtes méditations. Je me
la figurois dans les bras de
G... M... ; car c'étoit la penſée
que j'avois eue d'abord ; & loin

de m'imaginer qu'il lui eût fait
le même traitement qu'à moi ,
j'étois perfuadé qu'il ne m'avoit
fait éloigner , que pour la pof-
feder tranquillement. Je paffois
ainfi des jours & des nuits ,
dont la longueur me paroiffoit
éternelle. Je n'avois d'efpérance,
que dans le fuccès de mon hi-
pocrifie. J'obfervois foigneufe-
ment le vifage & le difcours
du Superieur , pour m'affurer
de ce qu'il penfoit de moi ; &
je me faifois une étude de lui
plaire , comme à l'arbitre de ma
deftinée. Il me fut aifé de reconnoître que j'étois parfaitement
dans fes bonnes graces. Je ne
doutai plus qu'il ne fût difpofé
à me rendre fervice. Je pris un

jour la hardieſſe de lui demander, ſi c'étoit de lui que mon
élargiſſement dépendoit. Il me
dit qu'il n'en étoit pas abſolu-
ment le maître ; mais que ſur
ſon témoignage , il eſperoit
que M. de G... M..., à la ſolli-
citation duquel M. le Lieutenant Général de Police m'avoit
fait renfermer , conſentiroit à
me rendre la liberté. Puis-je
me flater, repris-je doucement,
que deux mois de priſon, que
j'ai déja eſſuïés , lui paroîtront
une expiation ſuffiſante ! Il me
promit de lui en parler, ſi je
le ſouhaitois. Je le priai inſ-
tamment de me rendre ce bon
office. Il m'apprit , deux jours
après , que G... M... avoit été

fi touché du bien qu'il avoit
entendu de moi, que non-feulement il paroiffoit être dans le
deffein de me laiffer voir le
jour, mais qu'il avoit même
marqué beaucoup d'envie de me
connoître plus particuliérement,
& qu'il fe propofoit de me rendre une vifite dans ma prifon.
Quoique fa préfence ne pût m'ê-
tre agréable, je la regardai
comme un acheminement pro-
chain à ma liberté.

Il vint effectivement à Saint
Lazare. Je lui trouvai l'air plus
grave & moins fot, qu'il ne
l'avoit eu dans la Maifon de
Manon. Il me tint quelques difcours de bon fens, fur ma mauvaife conduite. Il ajouta, pour

justifier apparemment ses propres désordres, qu'il étoit permis
à la foiblesse des hommes de se
procurer certains plaisirs que la
Nature exige, mais que la friponnerie & les artifices honteux méritoient d'être punis. Je
l'écoutai, avec un air de sou-
mission dont il parut satisfait.
Je ne m'offençai pas même de
lui entendre lâcher quelques
railleries sur ma fraternité avec
Lescaut & Manon, & sur les
petites Chapelles, dont il supposoit, me dit-il, que j'avois
dû faire un grand nombre à
Saint Lazare, puisque je trouvois tant de plaisir à cette pieuse
occupation. Mais il lui échappa,
malheureusement pour lui &

pour moi-même, de me dire
que Manon en auroit fait auſſi,
ſans doute, de fort jolies à l'Hôpital. Malgré le frémiſſement
que le nom d'Hôpital me cauſa,
j'eus encore le pouvoir de le
prier, avec douceur, de s'ex-
quer. Hé oui, reprit-il, il y
a deux mois qu'elle apprend la
ſageſſe à l'Hôpital Général, &
je ſouhaite qu'elle en ait tiré
autant de profit, que vous à
Saint Lazare.

Quand j'aurois eu une priſon éternelle, ou la mort même
préſente à mes yeux, je n'aurois pas été le maître de mon
tranſport, à cette affreuſe nouvelle. Je me jettai ſur lui, avec
une ſi furieuſe rage, que j'en

perdis la moitié de mes forces.
J'en eus affez néanmoins pour
le renverfer par terre , & pour
le prendre à la gorge. Je l'é-
tranglois ; lorfque le bruit de fa
chûte , & quelques cris aigus ,
que je lui laiffois à peine la
liberté de pouffer , attirerent le
Supérieur & plufieurs Religieux
dans ma chambre. On le déli-
vra de mes mains. J'avois prefque perdu moi-même la force
& la refpiration. O Dieu ! m'é-
criai-je , en pouffant mille foupirs ; juftice du Ciel ! faut-il
que je vive un moment , après
une telle infamie ? Je voulus
me jetter encore , fur le Barbare qui venoit de m'affaffiner.
On m'arrêta. Mon défefpoir ,

mes

mes cris & mes larmes paſ-
ſoient toute imagination. Je fis
des choſes ſi étonnantes, que
tous les aſſiſtans, qui en ignoroient la cauſe, ſe regardoient
les uns les autres avec autant
de frayeur que de ſurpriſe. M.
de G... M... rajuſtoit pendant ce
tems-là ſa perruque & ſa cra-
vate; & dans le dépit d'avoir
été ſi maltraité, il ordonnoit
au Supérieur de me reſſerrer
plus étroitement que jamais, &
de me punir par tous les châtimens qu'on ſçaît être propres à
Saint Lazare. Non, Monſieur,
lui dit le Supérieur; ce n'eſt
point avec une perſonne de la
naiſſance de M. le Chevalier,
que nous en uſons de cette ma-

I. Part.   S

niere. Il eſt ſi doux, d'ailleurs,
& ſi honnête, que j'ai peine à
comprendre qu'il ſe ſoit porté
à cet excès ſans de fortes raiſons. Cette réponſe acheva de
déconcerter M. de G... M... Il
ſortit, en diſant qu'il ſçauroit
faire plier, & le Supérieur, &
moi, & tous ceux qui oſeroient
lui réſiſter.

Le Supérieur, ayant ordonné
à ſes Religieux de le conduire,
demeura ſeul avec moi. Il me
conjura de lui apprendre promptement d'où venoit ce déſordre. O mon Pere! lui dis-je,
en continuant de pleurer comme
un Enfant, figurez-vous la plus
horrible cruauté, imaginez-
vous la plus déteſtable de toutes

les barbaries, c'eſt l'action que
l'indigne G... M... a eu la lâcheté de commettre. Oh! il m'a
percé le cœur. Je n'en revien-
drai jamais. Je veux vous raconter tout, ajoûtai-je en
ſanglotant. Vous êtes bon,
vous aurez pitié de moi. Je lui
fis un récit abregé de la longue
& inſurmontable paſſion que
j'avois pour Manon, de la ſituation floriſſante de notre Fortune avant que nous euſſions
été dépouillés par nos propres
Domeſtiques, des offres que
G... M... avoit faites à ma Maîtreſſe, de la concluſion de leur
marché & de la maniere dont
il avoit été rompu. Je lui re-
préſentai les choſes, à la vérité,

du côté le plus favorable pour nous : voilà, continuai-je, de quelle fource eft venu le zéle de M. de G... M... pour ma converfion. Il a eu le crédit de me faire ici renfermer, par un pur motif de vengeance. Je lui pardonne : mais, mon Pere, ce n'eft pas tout ; il a fait enlever cruellement la plus chere moitié de moi-même ; il l'a fait mettre honteufement à l'Hôpital ; il a eu l'impudence de me l'annoncer aujourd'hui de fa propre bouche. A l'Hôpital, mon Pere ! O Ciel ! ma charmante Maîtreffe, ma chere Reine à l'Hôpital, comme la plus infâme de toutes les Créatures ! Où trouverai-je affez de

force , pour ne pas mourir de
douleur & de honte ! Le bon
Pere , me voyant dans cet excès d'affliction , entreprit de
me confoler. Il me dit qu'il
n'avoit jamais compris mon
avanture , de la maniere dont je
la racontois ; qu'il avoit fçû , à
la vérité , que je vivois dans le
défordre , mais qu'il s'étoit figuré que ce qui avoit obligé
M. de G... M... d'y prendre intérêt , étoit quelque liaifon
d'eftime & d'amitié avec ma
Famille ; qu'il ne s'en étoit expliqué à lui-même que fur ce
pied ; que ce que je venois de
lui apprendre mettroit beaucoup de changement dans mes
affaires, & qu'il ne doutoit point

que le récit fidéle qu'il avoit
deſſein d'en faire à M. le Lieutenant Général de Police ne pût
contribuer à ma liberté. Il me
demanda enſuite pourquoi je
n'avois pas encore pénſé à donner de mes nouvelles à ma Famille, puiſqu'elle n'avoit point
eu de part à ma captivité. Je
ſatisfis à cette objection, par
quelques raiſons priſes de la
douleur que j'avois appréhendé
de cauſer à mon Pere, & de la
honte que j'en aurois reſſentie
moi - même. Enfin il me promit d'aller de ce pas chez le
Lieutenant de Police ; ne fut-
ce, ajoûta-t-il, que pour prévenir quelque choſe de pis, de
la part de M. de G... M... qui

eft forti de cette Maifon fort
mal fatisfait, & qui eft affez
confideré pour fe faire redouter.

J'attendis le retour du Pere,
avec toutes les agitations d'un
Malheureux qui touche au moment de fa Sentence. C'étoit
pour moi un fupplice inexprimable, de me repréfenter Manon à l'Hôpital. Outre l'infamie de cette demeure, j'ignorois de quelle maniere elle y
étoit traitée ; & le fouvenir de
quelques particularités, que j'a-
vois entendues de cette Maifon
d'horreur, renouvelloit à tous
momens mes tranfports. J'étois
tellement réfolu de la fecourir,
à quelque prix & par quelque

moyen que ce pût être, que j'aurois mis le feu à S. Lazare, s'il m'eût été impossible d'en sortir autrement. Je réflechis donc sur les voïes que j'avois à prendre, s'il arrivoit que le Lieutenant Général de Police continuât de m'y retenir malgré moi. Je mis mon industrie à toutes les épreuves; je parcourus toutes les possibilités. Je ne vis rien qui pût m'assurer d'une évasion certaitaine, & je craignis d'être renfermé plus étroitement, si je faisois une tentative malheureuse. Je me rappellai le nom de quelques Amis, de qui je pouvois esperer du secours; mais quel moyen de leur faire

sçavoir

ſçavoir ma ſituation ? Enfin ,
je crus avoir formé un plan
ſi adroit, qu'il pourroit réuſſir ;
& je remis à l'arranger encore
mieux après le retour du Pere
Supérieur , ſi l'inutilité de ſa
démarche me le rendoit néceſſaire. Il ne tarda point à revenir. Je ne vis pas , ſur ſon
viſage , les marques de joïe qui
accompagnent une bonne nouvelle. J'ai parlé , me dit-il, à
M. le Lieutenant Général de
Police , mais je lui ai parlé trop
tard. M. de G... M... l'eſt allé
voir en ſortant d'ici , & l'a ſi
fort prévenu contre vous, qu'il
étoit ſur le point de m'envoyer
de nouveaux ordres , pour vous
reſſerrer davantage.

I. Part.　　　　T

Cependant lorfque je lui ai appris le fond de vos affaires, il a paru s'adoucir beaucoup ; & riant un peu de l'incontinence du vieux M. de G... M... il m'a dit qu'il falloit vous laiffer ici fix mois, pour le fatisfaire ; d'autant mieux, a-t-il dit, que cette demeure ne fçauroit vous être inutile. Il m'a recommandé de vous traiter honnêtement, & je vous réponds que vous ne vous plaindrez point de mes manieres.

Cette explication du bon Supérieur fut affez longue, pour me donner le tems de faire une fage réflexion. Je conçus que je m'expoferois à renverfer mes deffeins, fi je lui marquois trop

d'empreſſement pour ma liberté. Je lui témoignai, au contraire, que dans la néceſſité de demeurer, c'étoit une douce con-
ſolation pour moi d'avoir quelque part à ſon eſtime. Je le priai
enſuite, ſans affectation, de
m'accorder une grace, qui n'é-
toit de nulle importance pour
perſonne, & qui ſerviroit beaucoup à ma tranquillité ; c'étoit
de faire avertir un de mes Amis,
un ſaint Eccléſiaſtique qui demeuroit à Saint Sulpice, que
j'étois à Saint Lazare, & de
permettre que je reçuſſe quelquefois ſa viſite. Cette faveur
me fut accordée ſans délibérer.
C'étoit mon ami Tiberge dont
il étoit queſtion ; non que j'eſ-

peraffe, de lui, les fecours néceffaires pour ma liberté ; mais je
voulois l'y faire fervir comme
un inftrument éloigné , fans
qu'il en eût même connoiffance.
En un mot, voici mon projet :
je voulois écrire à Lefcaut , & le
charger , lui & nos Amis com-
muns, du foin de me délivrer.
La premiere difficulté étoit de
lui faire tenir ma Lettre ; ce devoit être l'office de Tiberge. Cependant , comme il le connoif-
foit pour le Frere de ma Maîtreffe , je craignois qu'il n'eût
peine à fe charger de cette com-
miffion. Mon deffein étoit de
renfermer ma Lettre à Lefcaut,
dans une autre Lettre , que je devois adreffer à un honnête homme

dé ma connoiſſance, en le priant
de réndre promptément la premiere à ſon adreſſe ; & comme il
étoit néceſſaire que je viſſe Leſcaut, pour nous accorder dans
nos meſures, je voulois lui marquer de venir à Saint Lazare, &
de demander à me voir ſous le
nom de mon Frere aîné, qui
étoit venu exprès à Paris pour
prendre connoiſſance de mes affaires. Je remettois à convenir,
avec lui, des moyens qui nous
paroîtroient les plus expéditifs
& les plus ſûrs. Le P. Supérieur
fit avertir Tiberge, du deſir que
j'avois de l'entretenir. Ce fidéle
Ami ne m'avoit pas tellement
perdu de vûe, qu'il ignorât mon
avanture ; il ſçavoit que j'étois

à Saint Lazare, & peut-être n'a-
voit-il pas été fâché de cette disgrace, qu'il croyoit capable de
me ramener au devoir. Il accourut aussi-tôt à ma chambre.

Notre entretien fut plein d'a-
mitié. Il voulut être informé de
mes dispositions. Je lui ouvris
mon cœur sans réserve, excepté
sur le dessein de ma fuite. Ce
n'est pas à vos yeux, cher Ami,
lui dis-je, que je veux paroître
ce que je ne suis point. Si vous
avez cru trouver ici un Ami sage & reglé dans ses desirs, un
Libertin réveillé par les châtimens du Ciel, en un mot un
cœur dégagé de l'Amour & revenu des charmes de sa Manon,
vous avez jugé trop favorable-

ment de moi. Vous me revoyez
tel que vous me laissâtes il y a
quatre mois ; toujours tendre ,
& toujours malheureux par cette fatale tendresse , dans laquelle je ne me lasse point de chercher mon bonheur.

Il me répondit que l'aveu que
je faisois , me rendoit inexcusa-
ble : qu'on voyoit bien des Pé-
cheurs , qui s'enivroient du faux
bonheur du vice , jusqu'à le pré-
férer hautement à celui de la
vertu ; mais que c'étoit du moins
à des images de bonheur qu'ils
s'attachoient , & qu'ils étoient
les dupes de l'apparence : mais
que de reconnoître , comme je
le faisois , que l'objet de mes at-
tachemens n'étoit propre qu'à

me rendre coupable & malheureux , & de continuer à me pré-
cipiter volontairement dans l'infortune & dans le crime , c'é-
toit une contradiction d'idées &
de conduite , qui ne faifoit pas
honneur à ma raifon.

Tiberge ! repris-je , qu'il vous
eft aifé de vaincre , lorfqu'on
n'oppofe rien à vos armes ! Laif-
fez-moi raifonner à mon tour.
Pouvez-vous prétendre que ce
que vous appellez le bonheur de
la vertu , foit exempt de peines,
de traverfes & d'inquiétudes ?
Quel nom donnerez-vous à la
prifon , aux croix , aux fuppli-
ces & aux tortures des Tyrans ?
Direz-vous , comme font les
Miftiques , que ce qui tour-

mente le corps eft un bonheur
pour l'ame ? Vous n'oferiez le
dire, c'eft un paradoxe infou-
tenable. Ce bonheur, que vous
relevez tant, eft donc mêlé de
mille peines ; ou pour parler
plus jufte, ce n'eft qu'un tiffu
de malheurs, au travers defquels on tend à la félicité. Or fi
la force de l'imagination fait
trouver du plaifir dans ces maux
mêmes, parce qu'ils peuvent
conduire à un terme heureux
qu'on efpere, pourquoi traitez-
vous de contradictoire & d'in-
fenfée, dans ma conduite, une
difpofition toute femblable ?
J'aime Manon ; je tends au travers de mille douleurs à vivre
heureux & tranquille auprès

d'elle. La voie par où je marche eſt malheureuſe, mais l'eſpérance d'arriver à mon terme
y répand toujours de la douceur; & je me croirai trop
bien payé, par un moment paſſé
avec elle, de tous les chagrins
que j'eſſuie pour l'obtenir. Toutes choſes me paroiſſent donc
égales, de votre côté & du mien;
ou s'il y a quelque difference,
elle eſt encore à mon avantage,
car le bonheur que j'eſpere eſt
proche, & l'autre eſt éloigné;
le mien eſt de la nature des
peines, c'eſt-à-dire, ſenſible au
corps; & l'autre eſt d'une nature inconnue, qui n'eſt certaine que par la foi.

Tiberge parut effraïé de ce

raifonnement. Il recula deux
pas, en me difant de l'air le
plus férieux, que non - feulement ce que je venois de dire
bleffoit le bon fens, mais que
c'étoit un malheureux fophif-
me d'impiété & d'irréligion :
car cette comparaifon, ajoûta-
t'il, du terme de vos peines
avec celui qui eft propofé par
la Religion, eft une idée des
plus libertines & des plus mon-
ftrueufes.

J'avoue, repris - je, qu'elle
n'eft pas jufte; mais prenez-y
garde, ce n'eft pas fur elle que
porte mon raifonnement. J'ai
eu deffein d'expliquer ce que
vous regardez comme une contradiction, dans la perfévérance

d'un amour malheureux ; & je crois avoir fort bien prouvé que si c'en est une, vous ne sçauriez vous en sauver plus que moi. C'est à cet égard seulement que j'ai traité les choses d'égales, & je soutiens encore qu'elles le sont. Répondrez-vous que le terme de la Vertu est infiniment supérieur à celui de l'Amour ? Qui refuse d'en convenir ? Mais est-ce de quoi il est question ? Ne s'agit-il pas de la force qu'ils ont, l'un & l'autre, pour faire supporter les peines ? Jugeons-en par l'effet. Combien trouve-t'on de déserteurs de la sévere Vertu, & combien en trouverez-vous peu de l'Amour ? Répondrez - vous

encore que s'il y a des peines
dans l'exercice du bien, elles ne
font pas infaillibles & néceffaires ; qu'on ne trouve plus de
Tyrans ni de croix, & qu'on
voit quantité de perfonnes ver-
tueufes mener une vie douce
& tranquille ? Je vous dirai de
même qu'il y a des Amours
paifibles & fortunés ; & ce qui
fait encore une différence qui
m'eft extrêmement avantageu-
fe, j'ajoûterai que l'Amour,
quoiqu'il trompe affez fouvent,
ne promet du moins que des
fatisfactions & des joïes, au
lieu que la Religion veut qu'on
s'attende à une pratique trifte
& mortifiante. Ne vous allar-
mez pas, ajoûtai-je en voyant

son zéle prêt à se chagriner.
L'unique chose que je veux
conclure ici, c'est qu'il n'y a
point de plus mauvaise mé-
thode pour dégoûter un cœur
de l'Amour, que de lui en dé-
crier les douceurs, & de lui
promettre plus de bonheur dans
l'exercice de la Vertu. De la
maniere dont nous sommes
faits, il est certain que notre
félicité consiste dans le plaisir;
je défie qu'on s'en forme une
autre idée : or le cœur n'a pas
besoin de se consulter long-
tems, pour sentir que de tous
les plaisirs, les plus doux sont
ceux de l'Amour. Il s'apperçoit
bien-tôt qu'on le trompe,
lorsqu'on lui en promet ailleurs

de plus charmans ; & cette tromperie le difpofe à fe défier des
promeffes les plus folides. Pré-
dicateurs, qui voulez me ramener à la Vertu, dites - moi
qu'elle eft indifpenfablement
néceffaire ; mais ne me dégui-
fez pas qu'elle eft févere & pé-
nible. Etabliffez bien que les
délices de l'Amour font paffage-
res , qu'elles font défendues ,
qu'elles feront fuivies par d'é-
ternelles peines ; & ce qui fera
peut-être encore plus d'impreffion fur moi, que plus elles
font douces & charmantes , plus
le Ciel fera magnifique à récompenfer un fi grand facrifi-
ce ; mais confeffez qu'avec des
cœurs tels que nous les ayons ,

elles font ici bas nos plus parfaites félicités.

· Cette fin de mon difcours
rendit fa bonne humeur à Tiberge. Il convint qu'il y avoit
quelque chofe de raifonnable
dans mes penfées. La feule objection qu'il ajoûta fut de me
demander, pourquoi je n'en-
trois pas du moins dans mes
propres principes, en facrifiant
mon Amour à l'efpérance de
cette rémuneration, dont je
me faifois une fi grande idée.
O cher Ami ? lui répondis-je,
c'eft ici que je reconnois ma
mifere & ma foibleffe ; hélas
oui, c'eft mon devoir d'agir
comme je raifonne ! mais l'action eft-elle en mon pouvoir ?

De

De quels fecours n'aurois-je
pas befoin pour oublier les charmes de Manon? Dieu me pardonne, reprit Tiberge, je
penfe que voici encore un de
nos Janfeniftes. Je ne fçais ce
que je fuis, répliquai-je, & je
ne vois pas trop clairement ce
qu'il faut être; mais je n'é-
prouve que trop la vérité de ce
qu'ils difent.

Cette converfation fervit du
moins à renouveller la pitié de
mon Ami. Il comprit qu'il y
avoit plus de foibleffe que de
malignité dans mes défordres.
Son amitié en fut plus difpofée,
dans la fuite, à me donner des
fecours, fans lefquels j'aurois
péri infailliblement de mifere.

I. Part.   V

Cependant je ne lui fis pas la
moindre ouverture, du deſſein
que j'avois de m'échapper de
S. Lazare. Je le priai ſeulement
de ſe charger de ma Lettre. Je
l'avois préparée, avant qu'il
fût venu, & je ne manquai point
de prétextes pour colorer la
néceſſité où j'étois d'écrire. Il
eut la fidélité de la porter exactement, & Leſcaut reçut, avant
la fin du jour, celle qui étoit
pour lui.

Il me vint voir le lendemain,
& il paſſa heureuſement ſous le
nom de mon Frere. Ma joie fut
extrême, en l'appercevant dans
ma chambre. J'en fermai la
porte avec ſoin. Ne perdons pas
un ſeul moment, lui dis-je;

apprenez - moi d'abord des nouvelles de Manon, & donnez-
moi enfuite un bon confeil
pour rompre mes fers. Il m'affura qu'il n'avoit pas vû fa
Sœur, depuis le jour qui avoit
précedé mon emprifonnement;
qu'il n'avoit appris fon fort
& le mien, qu'à force d'informations & de foins; que s'étant
préfenté deux ou trois fois à
l'Hôpital, on lui avoit refufé
la liberté de lui parler. Malheureux G... M... m'écriai-je,
que tu me le païeras cher!

Pour ce qui regarde votre délivrance, continua Lefcaut,
c'eft une entreprife moins facile que vous ne penfez. Nous
pafsâmes hier la foirée, deux

de mes Amis & moi, à ob-
ferver toutes les parties exté-
rieures de cette Maifon, &
nous jugeâmes que vos fenêtres
étant fur une Cour entourée
de bâtimens, comme vous
nous l'aviez marqué, il y auroit bien de la difficulté à vous
tirer de là. Vous êtes d'ailleurs
au troifiéme étage, & nous
ne pouvons introduire ici, ni
cordes, ni échelles. Je ne vois
donc nulle reffource du côté
du dehors. C'eft dans la Maifon même, qu'il faudroit imaginer quelque artifice. Non,
repris-je; j'ai tout examiné, fur
tout depuis que ma clôture eft
un peu moins rigoureufe, par
l'indulgence du Supérieur. La

porte de ma chambre ne se ferme plus avec la clé; j'ai la
liberté de me promener dans
les Galeries des Religieux :
mais tous les escaliers sont bou-
chés par des portes épaisses,
qu'on a soin de tenir fermées
la nuit & le jour; de sorte qu'il
est impossible que la seule adresse puisse me sauver. Attendez,
repris-je, après avoir un peu
réflechi sur une idée qui me
parut excellente; pourriez-vous
m'apporter un pistolet? Aisé-
ment, me dit Lescaut ; mais
voulez-vous tuer quelqu'un?
Je l'assurai que j'avois si peu
dessein de tuer, qu'il n'étoit
pas même nécessaire que le
pistolet fût chargé. Apportez-le

moi demain, ajoûtai-je, & ne manquez pas de vous trouver le soir, à onze heures, vis-à-vis la porte de cette Maison, avec deux ou trois de nos Amis. J'espere que je pourrai vous y rejoindre. Il me pressa en vain de lui en apprendre davantage. Je lui dis qu'une entreprise, telle que je la méditois, ne pouvoit paroître raisonnable qu'après avoir réussi. Je le priai d'abreger sa visite, afin qu'il trouvât plus de facilité à me revoir le lendemain. Il fut admis, avec aussi peu de peine que la premiere fois. Son air étoit grave. Il n'y a personne qui ne l'eût pris pour un homme d'honneur.

Lorſque je me trouvai mu-
ni de l'inſtrument de ma liberté, je ne doutai preſque plus
du ſuccès de mon projet. Il
étoit bizarre & hardi ; mais de
quoi n'étois - je pas capable,
avec les motifs qui m'ani-
moient ? J'avois remarqué,
depuis qu'il m'étoit permis de
ſortir de ma chambre & de me
promener dans les Galeries,
que le Portier apportoit chaque
jour au ſoir les clés de toutes
les portes au Supérieur, &
qu'il regnoit enſuite un profond ſilence dans la Maiſon,
qui marquoit que tout le monde étoit retiré. Je pouvois aller
ſans obſtacle, par une Galerie
de communication, de ma

chambre à celle de ce Pere.
Ma réfolution étoit de lui prendre fes clés, en l'épouvantant
avec mon piftolet s'il faifoit
difficulté de me les donner, &
de m'en fervir pour gagner là
ruë. J'en attendis le tems avec
impatience. Le Portier vint à
l'heure ordinaire, c'eft-à-dire,
un peu après neuf heures. J'en
laiffai paffer encore une, pour
m'affurer que tous les Religieux
& les Domeftiques étoient en-
dormis. Je partis enfin, avec
mon arme, & une chandelle
allumée. Je frappai d'abord
doucement à la porte du Pere,
pour l'éveiller fans bruit. Il
m'entendit au fecond coup;
& s'imaginant fans doute que
c'étoit

c'étoit quelque Religieux qui
se trouvoit mal & qui avoit
besoin de secours, il se leva
pour m'ouvrir. Il eut néanmoins la précaution de demander, au travers de la porte, qui
c'étoit, & ce qu'on vouloit de
lui ? Je fus obligé de me
nommer ; mais j'affectai un
ton plaintif, pour lui faire
comprendre que je ne me trouvois pas bien. Ha ! c'est vous,
mon cher Fils, me dit-il, en
ouvrant la porte ; qu'est-ce donc
qui vous amene si tard ? J'entrai dans sa chambre, & l'ayant
tiré à l'autre bout, opposé à la
porte, je lui déclarai qu'il m'é-
toit impossible de demeurer
plus long-tems à S. Lazare ; que

la nuit étoit un tems commode
pour fortir fans être apperçu,
& que j'attendois de fon amitié qu'il confentiroit à m'ouvrir les portes, ou à me prêter
fes clés pour les ouvrir moi-
même.

Ce compliment devoit le fur-
prendre. Il demeura quelque
tems à me confidérer, fans me
répondre, Comme je n'en avois
pas à perdre, je repris la parole pour lui dire, que j'étois
fort touché de toutes fes bon-
tés, mais que la liberté étant
le plus cher de tous les biens,
furtout pour moi à qui on la
raviffoit injuftement, j'étois réfolu de me la procurer cette
nuit même, à quelque prix que

ce fût : & de peur qu'il ne lui prît envie d'élever la voix pour appeller du secours , je lui fis voir une honnête raison de silence , que je tenois sous mon juste-au-corps. Un pistolet ! me dit-il. Quoi ! mon Fils , vous voulez m'ôter la vie , pour reconnoître la considération que j'ai eue pour vous ? A Dieu ne plaise , lui répondis-je. Vous avez trop d'esprit & de raison , pour me mettre dans cette nécessité ; mais je veux être libre ; & j'y suis si résolu , que si mon projet manque par votre faute, c'est fait de vous absolument. Mais , mon cher Fils ! reprit-il d'un air pâle & effrayé, que vous ai-je fait ? quelle rai-

fon avez-vous de vouloir ma
mort ? Eh non, repliquai-je avec
impatience. Je n'ai pas deſſein
de vous tuer , ſi vous voulez vivre. Ouvrez - moi la porte , &
je ſuis le meilleur de vos Amis.
J'apperçus les clés , qui étoient
ſur ſa table. Je les pris , & je le
priai de me ſuivre , en faiſant
le moins de bruit qu'il pourroit.
Il fut obligé de s'y réſoudre.
A meſure que nous avancions
& qu'il ouvroit une porte , il
me répétoit avec un ſoupir ;
ah ! mon Fils , ah ! qui l'auroit
jamais cru ! Point de bruit, mon
Pere , répétois-je de mon côté
à tout moment. Enfin nous arrivâmes à une eſpece de bar-
riere , qui eſt avant la grande

porte de la rue. Je me croyois
déja libre & j'étois derriere le
Pere, avec ma chandelle dans
une main, & mon piſtolet dans
l'autre. Pendant qu'il s'empreſ-
ſoit d'ouvrir, un Domeſtique,
qui couchoit dans une petite
chambre voiſine, entendant le
bruit de quelques verrouils, ſe
leve & met la tête à ſa porte.
Le bon Pere le crut apparemment capable de m'arrêter. Il
lui ordonna, avec beaucoup
d'imprudence, de venir à ſon
ſecours. C'étoit un puiſſant Coquin, qui s'élança ſur moi ſans
balancer. Je ne le marchandai
point; je lui lâchai le coup au
milieu de la poitrine. Voilà
de quoi vous êtes cauſe, mon

Pere, dis-je affez fierement à mon
Guide. Mais que cela ne vous
empêche point d'achever, ajoûtai-je en le pouffant vers la derniere porte. Il n'ofa refufer de
l'ouvrir. Je fortis heureufement,
& je trouvai, à quatre pas, Lefcaut, qui m'attendoit avec deux
Amis, fuivant fa promeffe.

Nous nous éloignâmes. Lefcaut me demanda s'il n'avoit
pas entendu tirer un piftolet?
C'eft votre faute, lui dis-je;
pourquoi me l'apportiez-vous
chargé? Cependant je le remerciai d'avoir eu cette précaution, fans laquelle j'étois
fans doute à S. Lazare pour
long-tems. Nous allâmes paffer
la nuit chez un Traiteur, où je

me remis un peu de la mauvaife
chere que j'avois faite depuis
près de trois mois. Je ne pus
néanmoins m'y livrer au plaifir.
Je fouffrois mortellement dans
Manon. Il faut la délivrer,
dis-je à mes trois Amis. Je n'ai
fouhaité la liberté que dans
cette vûe. Je vous demande le
fecours de votre adreffe : pour
moi, j'y employerai jufqu'à
ma vie. Lefcaut, qui ne man-
quoit pas d'efprit & de prudence, me repréfenta qu'il falloit aller bride en main ; que
mon évafion de S. Lazare, &
le malheur qui m'étoit arrivé
en fortant, cauferoient infailliblement du bruit ; que le
Lieutenant Général de Police

X iiij

me feroit chercher, & qu'il
avoit les bras longs ; enfin que
fi je ne voulois pas être expofé
à quelque chofe de pis que S.
Lazare , il étoit à propos de me
tenir couvert & renfermé pendant quelques jours , pour laiffer au premier feu de mes En-
nemis le tems de s'éteindre.
Son confeil étoit fage ; mais il
auroit fallu l'être auffi pour le
fuivre. Tant de lenteur , & de
ménagement ne s'accordoit
pas avec ma paffion. Toute ma
complaifance fe réduifit à lui
promettre , que je pafferois le
jour fuivant à dormir. Il m'en-
ferma dans fa chambre , où je
demeurai jufqu'au foir.

J'employai une partie de ce

tems, à former des projets &
des expédiens, pour fecourir
Manon. J'étois bien perfuadé
que fa prifon étoit encore plus
impénétrable, que n'avoit été
la mienne. Il n'étoit pas queftion de force & de violence, il
falloit de l'artifice; mais la
Déeffe même de l'Invention
n'auroit pas fçu par où commencer. J'y vis fi peu de jour,
que je remis à confidérer mieux
les chofes, lorfque j'aurois pris
quelques informations fur l'arrangement intérieur de l'Hôpital.

Auffi-tôt que la nuit m'eut
rendu la liberté, je priai Lefcaut de m'accompagner. Nous
liâmes converfation avec un des

Portiers, qui nous parut homme de bon fens. Je feignis
d'être un Etranger, qui avoit
entendu parler avec admiration de l'Hôpital Général, &
de l'ordre qui s'y obferve. Je l'in-
terrogeai fur les plus minces dé-
tails; & de circonftances en circonftances nous tombâmes fur
les Adminiftrateurs, dont je le
priai de m'apprendre les noms
& les qualités. Les réponfes,
qu'il me fit fur ce dernier ar-
ticle, me firent naître une penfée dont je m'applaudis auffi-
tôt, & que je ne tardai point
à mettre en œuvre. Je lui demandai, comme une chofe ef-
fentielle à mon deffein, fi ces
Meffieurs avoient des Enfans?

Il me dit qu'il ne pouvoit pas
m'en rendre un compte certain, mais que pour M. de T...,
qui étoit un des principaux,
il lui connoiſſoit un Fils en âge
d'être marié, qui étoit venu
pluſieurs fois à l'Hôpital avec
ſon Pere. Cette aſſurance me
ſuffiſoit. Je rompis preſque
auſſi-tôt notre entretien, & je
fis part à Leſcaut, en retournant
chez lui, du deſſein que j'a-
vois conçu. Je m'imagine, lui
dis-je, que M. de T... le Fils, qui
eſt riche & de bonne Famille,
eſt dans un certain goût de plaiſirs, comme la plûpart des
jeunes gens de ſon âge. Il ne
ſçauroit être ennemi des femmes, ni ridicule au point de

refuser ses services pour une
affaire d'Amour. J'ai formé le
dessein de l'intéresser à la liberté de Manon. S'il est honnête homme, & qu'il ait des
sentimens, il nous accordera
son secours par générosité. S'il
n'est point capable d'être con-
duit par ce motif, il fera du
moins quelque chose pour une
Fille aimable ; ne fut-ce que
par l'espérance d'avoir part à
ses faveurs. Je ne veux pas dif-
ferer de le voir, ajoûtai-je, plus
long-tems que jusqu'à demain.
Je me sens si consolé par ce projet, que j'en tire un bon augure.
Lescaut convint lui-même qu'il
y avoit de la vraisemblance
dans mes idées, & que nous

pouvions efperer quelque chofe par cette voie. J'en paffai
la nuit moins triftement.

Le matin étant venu, je m'ha-
billai le plus proprement qu'il
me fût poffible, dans l'état d'indigence où j'étois, & je me
fis conduire dans un Fiacre à
la Maifon de M. de T... Il fut
furpris de recevoir la vifite
d'un Inconnu. J'augurai bien
de fa phifionomie & de fes
civilités. Je m'expliquai naturellement avec lui ; & pour
échauffer fes fentimens natu-
rels, je lui parlai de ma paffion, & du mérite de ma Maîtreffe, comme de deux chofes
qui ne pouvoient être égalées
que l'une par l'autre. Il me dit

que quoiqu'il n'eût jamais vû
Manon , il avoit entendu parler d'elle , du moins s'il s'a-
giſſoit de celle qui avoit été la
Maîtreſſe du vieux G... M... Je
ne doutai point qu'il ne fût
informé de la part que j'avois,
eue à cette avanture ; & pour le
gagner de plus en plus , en me
faiſant un mérite de ma confiance , je lui racontai le détail
de tout ce qui étoit arrivé à
Manon & à moi. Vous voyez ,
Monſieur , continuai - je , que
l'intérêt de ma vie & celui de
mon cœur ſont maintenant entre vos mains. L'un ne m'eſt
pas plus cher que l'autre. Je
n'ai point de réſerve avec vous,
parce que je ſuis informé de

votre générosité, & que la ref-
femblance de nos âges me fait
efperer qu'il s'en trouvera quelqu'une dans nos inclinations. Il
parut fort fenfible à cette marque d'ouverture & de candeur,
Sa réponfe fut celle d'un homme qui a du monde, & des
fentimens ; ce que le monde ne
donne pas toujours, & qu'il
fait perdre fouvent. Il me dit
qu'il mettoit ma vifite au rang
de fes bonnes fortunes, qu'il
regarderoit mon amitié comme
une de fes plus heureufes ac-
quifitions, & qu'il s'efforceroit
de la mériter par l'ardeur de fes
fervices. Il ne promit pas de me
rendre Manon, parce qu'il n'a-
voit, me dit-il, qu'un crédit

médiocre & mal affuré ; mais
il m'offrit de me procurer le
plaifir de la voir, & de faire
tout ce qui feroit en fa puiffance
pour la remettre entre mes bras.
Je fus plus fatisfait de cette incertitude de fon crédit, que
je ne l'aurois été d'une pleine
affurance de remplir tous mes
defirs. Je trouvai, dans la mo-
dération de fes offres, une marque de franchife dont je fus
charmé. En un mot, je me
promis tout de fes bons offices.
La feule promeffe de me faire
voir Manon m'auroit fait tout
entreprendre pour lui. Je lui
marquai quelque chofe de ces
fentimens, d'une maniere qui
le perfuada auffi que je n'étois

pas

pas d'un mauvais naturel. Nous nous embrafsâmes avec ten- dreffe, & nous devînmes Amis, fans autre raifon que la bonté de nos cœurs, & une fimple difpofition qui porte un hom- me tendre & généreux à aimer un autre homme qui lui ref- femble. Il pouffa les marques de fon eftime bien plus loin ; car ayant combiné mes avantu- res, & jugeant qu'en fortant de S. Lazare je ne devois pas me trouver à mon aife, il m'of- frit fa bourfe, & il me preffa de l'accepter. Je ne l'acceptai point ; mais je lui dis : c'eft trop, mon cher Monfieur. Si avec tant de bonté & d'amitié vous me faites revoir ma chere Manon, je vous fuis attaché pour toute ma vie. Si vous me rendez tout-à-fait cette chere Créature, je ne croirai pas être quitte en verfant tout mon fang pour vous fervir.

Nous ne nous féparâmes, qu'après être convenus du tems & du lieu où nous devions nous retrouver. Il eut la complaifance de ne pas me remettre plus loin que l'après midi du même jour. Je l'attendis dans un Caffé, où il vint me rejoindre vers les quatre heures, & nous primes enfemble le chemin de l'Hôpital. Mes genoux étoient tremblans en traverfant les cours. Puiffance d'Amour! difois-je, je reverrai donc l'Idole de mon

cœur, l'objet de tant de pleurs,
& d'inquiétudes ! Ciel ! con-
fervez-moi affez de vie pour
aller jufqu'à elle, & difpofez
après cela de ma fortune & de
mes jours ; je n'ai plus d'autre
grace à vous demander.

M. de T ... parla à quelques
Concierges de la Maifon, qui
s'empreffèrent de lui offrir tout
ce qui dépendoit d'eux pour fa
fatisfaction. Il fe fit montrer le
Quartier où Manon avoit fa
chambre, & l'on nous y conduifit avec une clé d'une grandeur effroyable, qui fervit à
ouvrir fa porte. Je demandai
au Valet qui nous menoit, &
qui étoit celui qu'on avoit
chargé du foin de la fervir,

de quelle maniere elle avoit
paſſé le tems dans cette demeure. Il nous dit que c'étoit une
douceur angelique ; qu'il n'a-
voit jamais reçu d'elle un mot
de dureté ; qu'elle avoit verſé
continuellement des larmes ,
pendant les ſix premieres ſe-
maines après ſon arrivée , mais
que depuis quelque tems , elle
paroiſſoit prendre ſon malheur
avec plus de patience , & qu'elle
étoit occupée à coudre du matin juſqu'au ſoir , à la réſerve
de quelques heures qu'elle employoit à la lecture. Je lui demandai encore , ſi elle avoit été
entretenue proprement. Il m'aſ-
ſura que le néceſſaire du moins
ne lui avoit jamais manqué.

Nous approchâmes de fa porte. Mon cœur battoit violem-
ment. Je dis à M. de T... ; entrez feul & prévenez-là fur ma
vifite, car j'appréhende qu'elle
ne foit trop faifie en me voyant
tout d'un coup. La porte nous
fut ouverte. Je demeurai dans
la galerie. J'entendis néanmoins
leurs difcours. Il lui dit qu'il
venoit lui apporter un peu de
confolation ; qu'il étoit de mes
Amis, & qu'il prenoit beaucoup d'intérêt à notre bonheur.
Elle lui demanda, avec le plus
vif empreffement, fi elle ap-
prendroit de lui ce que j'étois
devenu. Il lui promit de m'a-
mener à fes pieds, auffi tendre,
auffi fidéle qu'elle pouvoit le

defirer. Quand ? reprit - elle.
Aujourd'hui même , lui dit-il,
ce bienheureux moment ne tar-
dera point ; il va paroître à
l'inftant , fi vous le fouhaitez.
Elle comprit que j'étois à la
porte. J'entrai , lorfqu'elle y ac-
couroit avec précipitation. Nous
nous embraffâmes , avec cette
effufion de tendreffe , qu'une
abfence de trois mois fait trouver fi charmante à de parfaits
Amans. Nos foupirs , nos exclamations interrompues , mille
noms d'amour répétés languif-
famment de part & d'autre ,
formèrent , pendant un quart
d'heure , une fcène qui atten-
driffoit M. de T... Je vous
porte envie , me dit-il , en

J.J.Pasquier inv. et Sc.

nous faifant affeoir ; il n'y a
point de fort glorieux, auquel
je ne préféraffe une Maîtreffe fi
belle & fi paffionnée. Auffi mé-
priferois-je tous les Empires du
Monde, lui répondis-je, pour
m'affurer le bonheur d'être aimé d'elle.

Tout le refte d'une converfation fi defirée ne pouvoit
manquer d'être infiniment tendre. La pauvre Manon me raconta fes avantures, & je lui
appris les miennes. Nous pleu-
râmes amérement, en nous en-
tretenant de l'état où elle étoit,
& de celui d'où je ne faifois
que fortir. M. de T... nous
confola, par de nouvelles promeffes de s'employer ardem-

ment pour finir nos miseres.
Il nous conseilla de ne pas rendre cette premiere entrevûe
trop longue , pour lui donner
plus de facilité à nous en procurer d'autres. Il eut beaucoup
de peine à nous faire goûter ce
conseil. Manon , surtout, ne
pouvoit se résoudre à me laiss-
fer partir. Elle me fit remettre
cent fois sur ma chaise. Elle
me retenoit par les habits &
par les mains. Hélas ! dans quel
lieu me laissez - vous ! disoit-
elle. Qui peut m'assurer de
vous revoir ? M. de T... lui promit de la venir voir souvent
avec moi. Pour le lieu , ajouta-t'il agréablement , il ne faut
plus l'appeller l'Hôpital ; c'est
　　　　　　　　Versailles.

Verfailles , depuis qu'une Perfonne qui mérite l'empire de
tous les cœurs y eft renfermée.

Je fis , en fortant, quelques
libéralités au Valet qui la fer-
voit , pour l'engager à lui rendre fes foins avec zéle. Ce
garçon avoit l'ame moins baffe
& moins dure que fes pareils.
Il avoit été témoin de notre
entrevûe. Ce tendre fpectacle
l'avoit touché. Un louis d'or ,
dont je lui fis préfent , acheva de me l'attacher. Il me prit
à l'écart , en defcendant dans
les cours : Monfieur , me dit-
il , fi vous me voulez prendre
à votre fervice , ou me donner une honnête récompenfe ,
pour me dédommager de la

perte de l'emploi que j'occupe
ici, je crois qu'il me fera facile de délivrer Mademoiselle
Manon. J'ouvris l'oreille à cette propofition ; & quoique je
fuffe dépourvû de tout, je lui
fis des promeffes fort au-deffus
de fes defirs. Je comptois bien
qu'il me feroit toujours aifé
de récompenfer un homme de
cette étoffe. Sois perfuadé, lui
dis-je, mon Ami, qu'il n'y a
rien que je ne faffe pour toi,
& que ta fortune eft auffi affurée que la mienne. Je voulus
fçavoir quels moyens il avoit
deffein d'employer. Nul autre,
me dit-il, que de lui ouvrir
le foir la porte de fa chambre,
& de vous la conduire jufqu'à

celle de la rue , où il faudra
que vous foyez prêt à la recevoir. Je lui demandai s'il n'é-
toit point à craindre qu'elle ne
fût reconnue , en traverfant les
galeries & les cours. Il confeffa
qu'il y avoit quelque danger ;
mais il me dit qu'il falloit bien
rifquer quelque chofe. Quoique je fuffe ravi de le voir fi
réfolu , j'appellai M. de T...
pour lui communiquer ce projet , & la feule raifon qui
fembloit pouvoir le rendre dou-
teux. Il y trouva plus de difficulté que moi. Il convint
qu'elle pouvoit abfolument s'é-
chaper de cette maniere ; mais
fi elle eft reconnue , continua-
t'il , fi elle eft arrêtée en fuiant,

c'eſt peut-être fait d'elle pour
toujours. D'ailleurs il vous
faudroit donc quitter Paris ſur le
champ ; car vous ne ſeriez jamais aſſez caché aux recher-
ches. On les redoubleroit, autant par rapport à vous qu'à
elle. Un homme s'échape ai-
ſément, quand il eſt ſeul ; mais
il eſt preſque impoſſible de demeurer inconnu avec une jolie femme. Quelque ſolide que
me parût ce raiſonnement, il
ne put l'emporter, dans mon
eſprit, ſur un eſpoir ſi proche
de mettre Manon en liberté. Je
le dis à M. de T... & je le
priai de pardonnner un peu
d'imprudence & de témérité à
l'Amour. J'ajoûtai que mon deſ-

sein étoit en effet de quitter Paris ; pour m'arrêter, comme j'a-
vois déja fait, dans quelque village voisin. Nous convînmes
donc, avec le Valet, de ne pas
remettre son entreprise plus
loin qu'au jour suivant ; & pour
la rendre aussi certaine qu'il
étoit en notre pouvoir , nous
résolûmes d'apporter des habits
d'homme , dans la vûe de faciliter notre sortie. Il n'étoit pas
aisé de les faire entrer ; mais je
ne manquai pas d'invention
pour en trouver le moyen.
Je priai seulement M. de T...
de mettre le lendemain deux
vestes légeres l'une sur l'autre ,
& je me chargeai de tout le
reste.

Z iij

Nous retournâmes le matin
à l'Hôpital. J'avois avec moi,
pour Manon, du linge, des
bas, &c. & par-dessus mon
Juste-au-corps un Surtout, qui
ne laissoit rien voir de trop en-
flé dans mes poches. Nous ne
fûmes qu'un moment dans sa
chambre. M. de T... lui laissa
une de ses deux vestes. Je lui
donnai mon Juste-au-corps, le
Surtout me suffisant pour sortir. Il ne se trouva rien de
manque à son ajustement, excepté la culotte, que j'avois
malheureusement oubliée. L'oubli de cette piece nécessaire
nous eût sans doute apprêté à
rire, si l'embaras où il nous
mettoit eût été moins sérieux.

J'étois au défespoir qu'une bagatelle de cette nature fût capable de nous arrêter. Cependant je pris mon parti, qui
fut de fortir moi - même fans
culotte. Je laiffai la mienne à
Manon. Mon Surtout étoit
long, & je me mis, à l'aide de
quelques épingles, en état de
paffer décemment à la porte.
Le refte du jour me parut d'u-
ne longueur infupportable. Enfin, la nuit étant venue, nous
nous rendîmes un peu au-def-
fous de la porte de l'Hôpital,
dans un caroffe. Nous n'y fûmes pas long - tems fans voir
Manon paroître, avec fon Conducteur. Notre portiere étant
ouverte, ils monterent tous deux

à l'inftant. Je reçus ma chere
Maîtreffe dans mes bras. Elle
trembloit comme une feuille.
Le Cocher me demanda où il
falloit toucher ? Touche au bout
du Monde, lui dis-je, & me-
ne-moi quelque part, où je ne
puiffe jamais être féparé de
Manon.

Ce tranfport, dont je ne fus
pas le maître, faillit de m'at-
tirer un fâcheux embarras. Le
Cocher fit réflexion à mon lan-
gage; & lorfque je lui dis enfuite le nom de la rue où nous
voulions être conduits, il me
répondit qu'il craignoit que je
ne l'engageaffe dans une mauvaife affaire; qu'il voyoit bien
que ce beau jeune homme, qui

s'appelloit Manon , étoit une
Fille que j'enlevois de l'Hôpital , & qu'il n'étoit pas d'humeur à se perdre pour l'amour
de moi. La délicatesse de ce
Coquin , n'étoit qu'une envie
de me faire payer la voiture
plus cher. Nous étions trop près
de l'Hôpital , pour ne pas filer
doux. Tais-toi , lui dis-je , il y
a un louis d'or à gagner pour
toi ; il m'auroit aidé , après
cela , à brûler l'Hôpital même.
Nous gagnâmes la Maison où
demeuroit Lescaut. Comme il
étoit tard , M. de T... nous
quitta en chemin , avec pro-
messe de nous revoir le lendemain. Le Valet demeura seul
avec nous.

Je tenois Manon si étroitement serrée entre mes bras ,
que nous n'occupions qu'une
place dans le carosse. Elle pleu-
roit de joïe , & je sentois ses
larmes qui mouilloient mon visage. Mais lorsqu'il fallut descendre pour entrer chez Lescaut,
j'eus avec le Cocher un nouveau
démêlé , dont les suites furent
funestes. Je me repentis de lui
avoir promis un louis , non-
seulement parce que le présent
étoit excessif, mais par une autre raison bien plus forte , qui
étoit l'impuissance de le payer.
Je fis appeller Lescaut.Il descen-
dit de sa chambre , pour venir
à la porte. Je lui dis , à l'oreille , dans quel embarras je me

trouvois. Comme il étoit d'u-
ne humeur brusque, & nullement accoutumé à ménager un
Fiacre, il me répondit que je
me mocquois. Un louis d'or !
ajouta-t'il. Vingt coups de canne à ce Coquin-là. J'eus beau
lui repréfenter doucement qu'il
alloit nous perdre. Il m'arra-
cha ma canne, avec l'air d'en
vouloir maltraiter le Cocher.
Celui-ci, à qui il étoit peut-
être arrivé de tomber quelquefois fous la main d'un Garde
du Corps ou d'un Moufquetai-
re, s'enfuit de peur, avec fon
caroffe, en criant que je l'avois
trompé, mais que j'aurois de
fes nouvelles. Je lui répétai inutilement d'arrêter. Sa fuite me

caufa une extrême inquiétude,
Je ne doutai point qu'il n'a-
vertît le Commiffaire. Vous me
perdez, dis-je à Lefcaut ; je ne
ferois pas en fûreté chez vous ;
il faut nous éloigner dans le
moment. Je prêtai le bras à
Manon pour marcher, & nous
fortîmes promptement de cette
dangereufe rue. Lefcaut nous
tint compagnie. C'eft quelque
chofe d'admirable, que la maniere dont la Providence en-
chaîne les évenemens. A peine
avions-nous marché cinq ou fix
minutes, qu'un homme, dont
je ne découvris point le vifage,
reconnut Lefcaut. Il le cher-
choit fans doute aux environs
de chez lui, avec le malheureux

deſſein qu'il executa. C'eſt Leſcaut, dit-il, en lui lâchant un
coup de piſtolet; il ira ſouper
ce ſoir avec les Anges. Il ſe dé-
roba auſſi-tôt. Leſcaut tomba,
ſans le moindre mouvement
de vie. Je preſſai Manon de
fuir, car nos ſecours étoient
inutiles à un cadavre, & je
craignois d'être arrêté par le
Guet, qui ne pouvoit tarder à
paroître. J'enfilai, avec elle &
le Valet, la premiere petite rue
qui croiſoit. Elle étoit ſi éper-
due, que j'avois de la peine à la
ſoutenir. Enfin j'apperçus un
Fiacre au bout de la rue. Nous
y montâmes. Mais lorſque le
Cocher me demanda où il falloit nous conduire, je fus em-

baraſſé à lui répondre. Je n'a-
vois point d'azile aſſuré, ni
d'Ami de confiance à qui j'o-
faſſe avoir recours. J'étois ſans
argent, n'ayant guéres plus d'u-
ne demie piſtole dans ma bourſe. La frayeur & la fatigue
avoient tellement incommodé
Manon, qu'elle étoit à demie
pâmée près de moi. J'avois
d'ailleurs l'imagination remplie
du meurtre de Leſcaut, & je
n'étois pas encore ſans appré-
henſion de la part du Guet : quel
parti prendre ! Je me ſouvins
heureuſement de l'Auberge de
Chaillot, où j'avois paſſé quelques jours, avec Manon, lorſque nous étions allés dans ce
village pour y demeurer. J'eſ-

perai non-feulement d'y être en
fûreté, mais d'y pouvoir vivre
quelque-tems fans être preffé de
payer. Mene-nous à Chaillot,
dis-je au Cocher. Il refufa d'y
aller fi tard, à moins d'une pif-
tole ; autre fujet d'embarras.
Enfin nous convînmes de fix
francs : c'étoit toute la fomme
qui reftoit dans ma bourfe.

Je confolois Manon, en
avançant ; mais au fond, j'a-
vois le défefpoir dans le cœur.
Je me ferois donné mille fois
la mort, fi je n'euffe pas eu,
dans mes bras, le feul bien qui
m'attachoit à la vie. Cette
feule penfée me remettoit. Je
la tiens du moins, difois-je ;
elle m'aime, elle eft à moi :

Tiberge a beau dire , ce n'eſt
pas là un fantôme de bonheur.
Je verrois périr tout l'Univers
ſans y prendre intérêt ; pourquoi ! parce que je n'ai plus
d'affection de reſte. Ce ſentiment étoit vrai ; cependant ,
dans le tems que je faiſois ſi
peu de cas des biens du Monde , je ſentois que j'aurois eu
beſoin d'en avoir du moins
une petite partie , pour mépriſer encore plus ſouverainement
tout le reſte. L'Amour eſt plus
fort que l'abondance , plus
fort que les tréſors & les richeſſes , mais il a beſoin de
leur ſecours ; & rien n'eſt plus
déſeſpérant pour un Amant dé-
licat , que de ſe voir ramené
par-là,

par-là , malgré lui, à la groffiereté des ames les plus baffes.

Il étoit onze heures, quand
nous arrivâmes à Chaillot. Nous
fûmes reçus à l'Auberge , comme des perfonnes de connoiffance. On ne fut pas furpris de
voir Manon en habit d'homme ,
parce qu'on eft accoutumé , à
Paris & aux environs , de voir
prendre aux femmes toutes fortes de formes. Je la fis fervir
auffi proprement, que fi j'euffe
été dans la meilleure fortune.
Elle ignoroit que je fuffe mal
en argent. Je me gardai bien
de lui en rien apprendre , étant
réfolu de retourner feul à Paris le lendemain , pour chercher quelque remede à cette

fâcheufe efpece de maladie.

Elle me parut pâle & mai-
grie, en foupant. Je ne m'en
étois point apperçu à l'Hôpital ; parce que la chambre, où
je l'avois vûe, n'étoit pas des
plus claires. Je lui demandai fi
ce n'étoit point encore un effet
de la frayeur qu'elle avoit eue,
en voyant affaffiner fon frere.
Elle m'affura que quelque tou-
chée qu'elle fût de cet accident,
fa pâleur ne venoit que d'avoir
effuié pendant trois mois mon
abfence. Tu m'aimes donc extrêmement ! lui répondis - je.
Mille fois plus que je ne puis
dire, reprit-elle. Tu ne me quit-
teras donc plus jamais, ajou-
tai-je ? Non, jamais, repliqua-

d'elle , & cette affurance fut confirmée par tant de careffes & de fermens , qu'il me parut impoffible , en effet, qu'elle pût jamais les oublier. J'ai toujours été perfuadé qu'elle étoit fincere ; quélle raifon auroit-elle eu de fe contrefaire jufqu'à ce point ? Mais elle étoit encore plus volage ; où plutôt elle n'étoit plus rien , & elle ne fe reconnoiffoit pas elle-même , lorfqu'ayant devant les yeux des Femmes qui vivoient dans l'abondance, elle fe trouvoit dans la pauvreté & dans le befoin. J'étois à la veille d'en avoir une derniere preuve, qui a furpaffé toutes les autres , & qui a produit la plus étrange avan-

ture, qui foit jamais arrivée à
un homme de ma naiffance &
de ma fortune.

Comme je la connoiffois de
cette humeur , je me hâtai le
lendemain d'aller à Paris. La
mort de fon Frere , & la néceffité d'avoir du linge & des
habits pour elle & pour moi,
étoient de fi bonnes raifons, que
je n'eus pas befoin de prétextes. Je fortis de l'Auberge, avec
le deffein , dis-je à Manon &
à mon Hôte, de prendre un
caroffe de louage ; mais c'étoit
une gafconnade. La néceffité
m'obligeant d'aller à pied , je
marchai fort vîte jufqu'au
Cours - la - Reine , où j'avois
deffein de m'arrêter. Il falloit

bien prendre un moment de folitude & de tranquillité pour m'arranger, & prévoir ce que j'allois faire à Paris.

Je m'affis fur l'herbe. J'entrai dans une mer de raifonnemens & de réflexions, qui fe réduifirent peu à peu à trois principaux articles. J'avois befoin d'un fecours préfent, pour un nombre infini de néceffités préfentes. J'avois à chercher quelque voie, qui pût du moins m'ouvrir des efpérances pour l'avenir ; & ce qui n'étoit pas de moindre importance, j'avois des informations & des mefures à prendre, pour la fûreté de Manon & pour la mienne. Après m'être épuifé en pro-

Jets & en combinaisons sur ces
trois chefs, je jugeai encore à
propos d'en retrancher les deux
derniers. Nous n'étions pas mal
à couvert, dans une chambre de
Chaillot ; & pour les besoins
futurs, je crus qu'il seroit tems
d'y penser lorsque j'aurois satisfait aux présens.

Il étoit donc question de remplir actuellement ma bourse. M.
de T... m'avoit offert généreuse-
ment la sienne ; mais j'avois une
extrême répugnance à le remettre moi-même sur cette matiere.
Quel personnage, que d'aller
exposer sa misere à un Etranger,
& de le prier de nous faire part
de son bien ! Il n'y a qu'une
ame lâche qui en soit capable,

par une baffeffe qui l'empêche
d'en fentir l'indignité ; ou un
Chrétien humble, par un excès
de générofité qui le rend fupé-
rieur à cette honte. Je n'étois
ni un homme lâche, ni un bon
Chrétien ; j'aurois donné la
moitié de mon fang, pour éviter cette humiliation. Tiberge,
difois-je, le bon Tiberge me
refufera-t'il ce qu'il aura le pouvoir de me donner ? Non, il
fera touché de ma mifere ; mais
il m'affaffinera par fa morale. Il
faudra effuier fes reproches, fes
exhortations, fes menaces ; il
me fera acheter fes fecours fi
cher, que je donnerois encore
une partie de mon fang, plutôt
que de m'expofer à cette fcène

fâcheufe, qui me laiffera du trouble & des remords. Bon, reprenois-je ; il faut donc renoncer à tout efpoir, puifqu'il ne me refte point d'autre voie, & que je fuis fi éloigné de m'arrêter à ces deux-là, que je verferois plus volontiers la moitié de mon fang que d'en prendre une, c'eft-à-dire, tout mon fang plutôt que de les prendre toutes deux. Oui, mon fang tout entier, ajoûtai-je après une réflexion d'un moment ; je le donnerois plus volontiers, fans doute, que de me réduire à de baffes fupplications. Mais il s'agit bien ici de mon fang. Il s'agit de la vie, & de l'entretien de Manon ; il s'agit de fon amour,

&

& de fa fidelité. Qu'ai-je à mettre en balance avec elle ? Je n'y
ai rien mis jufqu'à prefent. Elle
me tient lieu de gloire , de bonheur , & de fortune. Il y a bien
des chofes , fans doute , que je
donnerois ma vie pour obtenir
ou pour éviter ; mais eftimer
une chofe, plus que ma vie, n'eft
pas une raifon pour l'eftimer
autant que Manon. Je ne fus pas
long - tems à me déterminer ,
après ce raifonnement. Je continuai mon chemin , réfolu d'aller d'abord chez Tiberge , &
de là chez M. de T...

En entrant à Paris , je pris
un Fiacre , quoique je n'euffe
pas de quoi le payer : je comptois fur les fecours que j'allois

I. Part.   B b

folliciter. Je me fis conduire
au Luxembourg, d'où j'envoïai
avertir Tiberge que j'étois à
l'attendre. Il fatisfit mon impatience, par fa promptitude. Je
lui appris l'extrêmité de mes
befoins, fans nul détour. Il me
demanda fi les cent piftoles que
je lui avois rendues me fuffiroient; & fans m'oppofer un
feul mot de difficulté, il me les
alla chercher dans le moment,
avec cet air ouvert, & ce plaifir
à donner, qui n'eft connu que
de l'amour & de la véritable
amitié. Quoique je n'euffe pas
eu le moindre doute du fuccès
de ma demande, je fus furpris
de l'avoir obtenue à fi bon marché, c'eft-à-dire, fans qu'il

m'eût querellé fur mon impé-
nitence. Mais je me trompois,
en me croyant tout-à-fait quitte de fes reproches ; car lorfqu'il
eut achevé de me compter fon
argent & que je me préparois à
le quitter, il me pria de faire
avec lui un tour d'allée. Je ne
lui avois point parlé de Manon.
Il ignoroit qu'elle fût en liberté ; ainfi fa morale ne tomba que
fur ma fuite téméraire de Saint
Lazare, & fur la crainte où il
étoit, qu'au lieu de profiter des
leçons de fageffe que j'y avois
reçues, je ne repriffe le train du
défordre. Il me dit qu'étant allé
pour me vifiter à Saint Lazare,
le lendemain de mon évafion,
il avoit été frappé au-delà de

toute expreſſion, en apprenant
la maniere dont j'en étois ſorti ;
qu'il avoit eu là-deſſus un entretien avec le Supérieur ; que
ce bon Pére n'étoit pas encore
remis de ſon effroi ; qu'il avoit
eu néanmoins la généroſité de
déguiſer à M. le Lieutenant Général de Police les circonſtances de mon départ, & qu'il
avoit empêché que la mort du
Portier ne fût connue au dehors :
que je n'avois donc, de ce côté-
là, nul ſujet d'allarme ; mais
que s'il me reſtoit le moindre
ſentiment de ſageſſe, je profi-
terois de cet heureux tour, que
le Ciel donnoit à mes affaires ;
que je devois commencer par
écrire à mon Pere, & me re-

mettre bien avec lui ; & que fi
je voulois fuivre une fois fon
confeil, il étoit d'avis que je
quittaffe Paris , pour retourner
dans le fein de ma Famille.

J'écoutai fon difcours jufqu'à
la fin. Il y avoit-là, bien des chofes fatisfaifantes. Je fus ravi,
premiérement, de n'avoir rien
à craindre du côté de S. Lazare.
Les rues de Paris me redeve-
noient un pays libre. En fecond
lieu, je m'applaudis de ce que
Tiberge n'avoit pas la moindre
idée de la délivrance de Manon,
& de fon retour avec moi. Je
remarquois même qu'il avoit
évité de me parler d'elle, dans
l'opinion apparemment qu'elle
me tenoit moins au cœur, puif-

que je paroiſſois ſi tranquille ſur
ſon ſujet. Je réſolus, ſinon de
retourner dans ma Famille, du
moins d'écrire, à mon Pere,
comme il me le conſeilloit, &
de lui témoigner que j'étois
diſpoſé à rentrer dans l'ordre de
mes devoirs & de ſes volontés.
Mon eſpérance étoit de l'engager à m'envoyer de l'argent,
ſous prétexte de faire mes Exercices à l'Académie; car j'aurois
eu peine à lui perſuader que je
fuſſe dans la diſpoſition de retourner à l'Etat Eccléſiaſtique. Et
dans le fond je n'avois nul éloignement pour ce que je voulois
lui promettre. J'étois bien aiſe,
au contraire, de m'appliquer à
quelque choſe d'honnète & de

raifonnable , autant que ce def-
féin pourroit s'accorder avec
mon amour. Je faifois mon compte de vivre avec ma Maîtreffe ,
& de faire en même-tems mes
Exercices. Cela étoit fort compa-
tible. Je fus fi fatisfait de toutes
ces idées , que je promis à Tiberge de faire partir, le jour
même , une Lettre pour mon
Pere. J'entrai effectivement dans
un Bureau d'écriture , en le quittant ; & j'écrivis , d'une maniere fi tendre & fi foumife , qu'en
relifant ma Lettre , je me flattai
d'obtenir quelque chofe du cœur
paternel.

Quoique je fuffe en état de
prendre & de payer un Fiacre
après avoir quitté Tiberge , je

me fis un plaifir de marcher
fierement à pied, en allant chez
M. de T... Je trouvois de la
joye dans cet exercice de ma
liberté, pour laquelle mon Ami
m'avoit affuré qu'il ne me reftoit rien à craindre. Cependant
il me revint tout d'un coup à
l'efprit que fes affurances ne
regardoient que S. Lazare, &
que j'avois outre cela l'affaire
de l'Hôpital fur les bras; fans
compter la mort de Lefcaut,
dans laquelle j'étois mêlé du
moins comme témoin. Ce fouvenir m'effraya fi vivement,
que je me retirai dans la premiere allée, d'où je fis appeller
un caroffe. J'allai droit chez
M. de T..., que je fis rire de

ma frayeur. Elle me parut ri-
fible à moi - même , lorfqu'il
m'eut appris que je n'avois rien
à craindre du côté de l'Hôpital,
ni de celui de Lefcaut. Il me dit
que dans la penfée qu'on pourroit
le foupçonner d'avoir eu part à
l'enlevement de Manon, il étoit
allé le matin, à l'Hôpital, & qu'il
avoit demandé à la voir , en fei-
gnant d'ignorer ce qui étoit arrivé ; qu'on étoit fi éloigné de nous
accufer, ou lui, ou moi , qu'on
s'étoit empreffé au contraire de
lui apprendre cette avanture,
comme une étrange nouvelle,
& qu'on admiroit qu'une Fille
auffi jolie que Manon eût pris
le parti de fuir avec un Valet;
qu'il s'étoit contenté de répon-

dre froidement qu'il n'en étoit
pas furpris, & qu'on fait tout
pour la liberté. Il continua de
me raconter qu'il étoit allé de-
là chez Lefcaut, dans l'efpérance de m'y trouver avec ma charmante Maîtreffe ; que l'Hôte
de la Maifon, qui étoit un Ca-
roffier, lui avoit protefté qu'il
n'avoit vû, ni elle, ni moi ;
mais qu'il n'étoit pas étonnant
que nous n'euffions point paru
chez lui, fi c'étoit pour Lefcaut que nous devions y venir,
parce que nous aurions fans
doute appris qu'il venoit d'être
tué, à peu près dans le même-
tems. Sur quoi, il n'avoit pas
refufé d'expliquer ce qu'il fçavoit de la caufe & des circon-

ftances de cette mort. Environ
deux heures auparavant , un
Garde du Corps , des amis de
Lefcaut , l'étoit venu voir , &
lui avoit propofé de jouer. Lefcaut avoit gagné fi rapidement,
que l'autre s'étoit trouvé cent
écus de moins en une heure ,
c'eft-à-dire tout fon argent. Ce
Malheureux , qui fe voyoit fans
un fou , avoit prié Lefcaut de
lui prêter la moitié de la fomme
qu'il avoit perdue ; & fur quelques difficultés nées à cette occafion , ils s'étoient querellés
avec une animofité extrême.
Lefcaut avoit refufé de fortir ,
pour mettre l'épée à la main , &
l'autre avoit juré , en le quittant,
de lui caffer la tête ; ce qu'il

avoit exécuté le foir même.
M. de T... eut l'honnêteté d'a-
joûter qu'il avoit été fort in-
quiet par rapport à nous, &
qu'il continuoit de m'offrir fes
fervices. Je ne balançai point à
lui apprendre le lieu de notre
retraite. Il me pria de trouver
bon qu'il allât fouper avec nous.

Comme il ne me reſtoit qu'à
prendre du linge & des habits
pour Manon, je lui dis que nous
pouvions partir à l'heure même,
s'il vouloit avoir la complaifance
de s'arrêter un moment, avec
moi, chez quelques Marchands.
Je ne fçais s'il crût que je lui faifois cette propofition, dans la
vûe d'intereffer fa générofité,
ou fi ce fût par le fimple mou-

vement d'une belle Ame ; mais
ayant confenti à partir auffi-tôt,
il me mena chez les Marchands
qui fourniffoient fa Maifon : il
me fit choifir plufieurs étoffes ,
d'un prix plus confidérable que
je ne me l'étois propofé ; & lorfque je me difpofois à les payer,
il défendit abfolument, aux Marchands , de recevoir un fou de
moi. Cette galanterie fe fit de
fi bonne grace , que je crus pouvoir en profiter fans honte.
Nous prîmes enfemble le chemin de Chaillot , où j'arrivai
avec moins d'inquiétude que je
n'en étois parti.

Le Chevalier des Grieux
ayant employé plus d'une heure
à ce récit , je le priai de prendre

un peu de relâche, & de nous
renir compagnie à souper. Notre
attention lui fit juger que nous
l'avions écouté avec plaisir. Il
nous assura que nous trouverions quelque chose encore de
plus intéressant, dans la suite
de son Histoire ; & lorsque nous
eûmes fini de souper, il continua dans ces termes.

Fin de la premiere Partie.

Fautes à corriger.

Page 86, *lig.* 1. fainte, *lif.* fage.

Page 93, *lig.* derniere, fous le nom, *lif.* fous le titre.

Page 169, *lig.* 17, qui ait, *lif.* qui ai.

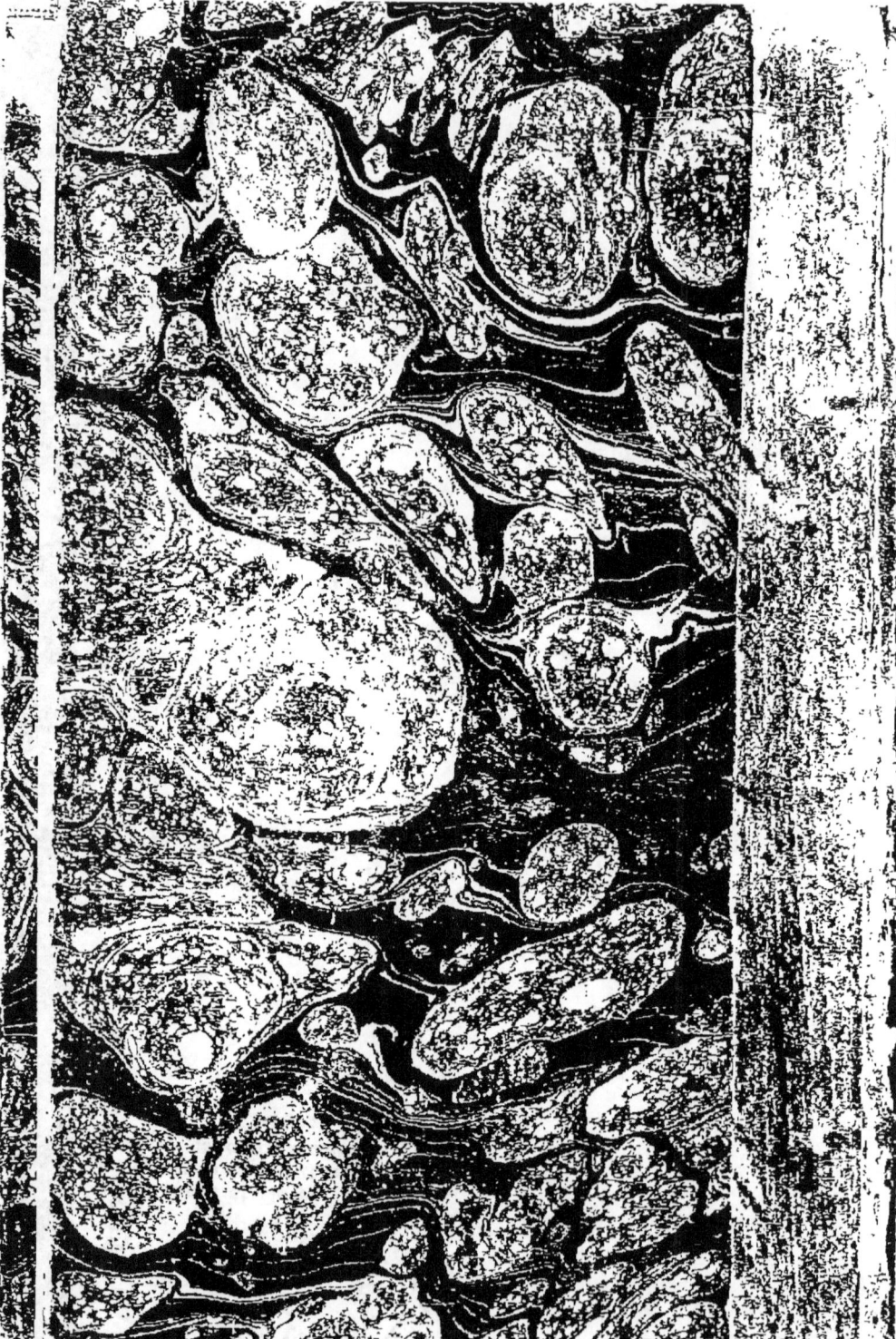